Sabine Walter

Professorenblut

Sabine Walter

Professorenblut

Der Dekan für Betriebswirtschaft/Wirtschafts-
informatik an der Technischen Hochschule Wildau
(FH) wurde emeritiert und der Posten ist somit va-
kant. Zufällig ist auch, dass im diesen Jahr im
Fachbereich ein neuer Dekan und dessen Stellvertreter gewählt werden müssen. Nur diese Wahlen
werden nicht so ganz so ruhig verlaufen wie in den
Jahren zuvor. Allerdings werden zwei Kollegen
aus dem Fachbereich Wirtschaft, Verwaltung und
Recht „ins Jenseits befördert". Diese Mordserie an
der Technischen Hochschule Wildau (FH) wirft
den Kommissar Frank Rogalla und sein Team einige Rätsel auf …

Sabine Walter

Professorenblut

Sabine Walter

Professorenblat

2. Auflage – Wildau 2017

© 2017 XY-Verlag – Der Krimi- und Wissen-
schaftsverlag
Sabine Walter
Fichtestraße 145
15745 Wildau

Herstellung: Books on Demand GmbH, Nor-
derstedt

Umschlagsgestaltung: Sabine Walter

Bild: Sabine Walter

Layout: Sabine Walter

Korrektur: Dana Raschen

ISBN: 978-3-940478-05-4

**Bibliografische Information der Deutschen Na-
tionalbibliothek**
Die Deutsche Nationalbibliothek verzeichnet diese
Publikation in der Deutschen Nationalbibliografie;
detaillierte bibliografische Daten sind im Internet
über http://dnb.d-nb.de abrufbar.

Inhaltsverzeichnis

Es war die letzte der zwei Nachprüfungswochen an der Technischen Hochschule Wildau angebrochen bevor wieder das neue Semester begann. Prof. Dr. Knopfler fand ein Brief auf seinen Schreibtisch, den er sich nicht erklären konnte. Er öffnete diesen. „Du willst Dekan werden, Prof. Knopfler. ICH finde, das sollten andere machen, nicht DU! ICH wäre sicher dafür geeignet. Prof. TOD." „Was hast Du für eine Professur? Die Professur für das Sensenmann-Dasein?" so Prof. Dr. Knopfler und schüttelte den Kopf. Auf dem Gang zur Tür stand Altpapier, das noch von den Hausmeistern abgeholt werden musste. Prof. Dr. Knopfler schmiss das Schreiben in den Altpapierhaufen. Dass aus diesem Brief etwas Metallisches heraus gefallen ist, bemerkte er nicht.

Am frühen Morgen wollten Gesa Ahrends und Daniela Johannsen, die Leiterin des Haushalts an der Hochschule und deren Stellvertreterin, das Geschirr vom Haushalt im Sozialraum abwaschen. Als die beiden Damen die Tür öffneten, wurden sie vom bewusstlosen Einar Hausmann, der Leiter der technischen Haus- und Betriebsverwaltung, überrascht. „Herr Hausmann?" Frau Ahrends gab einen leichten Schlag an Einar Hausmanns Wange. Herr Hausmann wurde wach. „Frau Johannsen, holen Sie doch bitte Herrn Berking, unseren Ersthelfer und rufen Sie den Krankenwagen." Kurze Zeit später kam auch Herr Berking. „Einar, was machst Du für Sachen?" fragte dieser Herrn Hausmann. „Der Krankenwagen kommt gleich, Herr Hausmann", beruhigte Frau Ahrends den Verletzten.

„Wo bleibt denn Einar? So lange braucht er doch auch nicht mit dem Geschirr abwaschen", fragte Volkmar Elbe seine Kollegin Birgit Missert. „Wahrscheinlich wäscht Frau Weber den Wochenabwasch von Herrn Detlevsen ab." „Dann kommt Einar zurück, der hat auch etwas anderes zu tun, als unser Geschirr abzuwaschen und sich mit Frau Weber zu unterhalten. Na, lassen wir die Beiden, dann ist wenigstens Frau Weber glücklich." Beide hörten das Signal eines Krankenwagens. „Nanu, Frau Weber wird doch den Einar nicht verletzt haben?" Dass Volkmar Elbe der Wahrheit ziemlich nahe war, konnte er nicht ahnen – nur die besagte Frau Weber ist nicht die Täterin.

Wie jeden Dienstag hielt Prof. Dr. Detlevsen seine Sprechstunde ab. Einige Studenten warteten auf dem Flur. Eine Studentin musste zum dritten Mal bei Prof. Dr. Detlevsen eine Klausur im Fach ‚Personal und Organisation' schreiben. Vorher hatte sie ‚Wirtschaft und Recht' studiert. Sie wurde aber exmatrikuliert, da sie in den Fächern 'Wirtschaftsrecht II' und 'Controlling' dreimal durchgefallen war. Deswegen studierte sie Betriebswirtschaft. Wieder war sie in derselben Situation wie im Erststudium ‚Wirtschaft und Recht', nur diesmal war es das Fach ‚Personal und Organisation', wo die berufliche Zukunft der Studentin auf der Kippe stand. Die Vorlesungen in diesem Fach wurden von Prof. Dr. Detlevsen abgehalten. Sie suchte seine Sprechstunde gerade auf und kam auch gleich dran. „Guten Tag, Herr Detlevsen. Ich komme wegen der Nachschreibeklausur in ‚Personal und Organisation'." „Guten Tag", Prof. Dr. Carsten Detlevsen trat für seine Verhältnisse ungewöhnlich kühl gegenüber der Studentin auf. „Was kann ich für Sie tun?" „Mir dabei helfen, dass ich den dritten Anlauf bei Ihnen schaffe." „Ich habe es Ihnen bereits die Themen und entsprechenden Fälle benannt, lernen müssen Sie selber." „Herr Detlevsen, wir beide sind erwachsene Menschen und so ein gut aussehender Mann wie Sie hat auch seine Bedürfnisse." „Jetzt habe ich nur ein Bedürfnis: Sie aus meinen Büro zu schmeißen! Raus!!!" Prof. Dr. Detlevsen hielt die Tür auf. „Sie werden noch an mich denken, guten Tag", so die Studentin und sah den Professor diabolisch an...

„ICH habe diesmal euren Oberhausmeister erwischt, nächstes Mal bist Du dran. Da euer Oberhausmeister für dICH den Kopf hinhalten musste, erhältst Du eine besondere Strafe, die nur für DICH bestimmt ist ... ☺ Prof. TOD", las Prof. Dr. Marcel Steinkamp, der vermutet, dass es sich um einen Studenten handelt, der wohl bei ihm dreimal durchgefallen ist. „Streng' dich beim letzten Versuch an, dann muss ich dich auch nicht dreimal durchfallen lassen, Prof. Tod. Manchmal lassen sich die Studierenden wirklich etwas einfallen, um einen zu bedrohen", so Prof. Dr. Steinkamp zu sich selbst und schmiss den Brief in der Schreibtischschublade. Das da noch ein harter kurzer Klang war, nahm Prof. Dr. Marcel Steinkamp nicht zur Kenntnis. „Wenn ich am kommenden Donnerstag Jens sehe, dann kann ich ihn das erzählen." Dieses vergaß Prof. Dr. Steinkamp, als er am Donnerstag darauf Prof. Dr. Paul zum Mittag Essen in der Mensa traf.

„Dzien dobry, naziwam şe Ewa Buttikowa a mierszkam Frankfurtu[1]." Frank und Ulrike Rogalla haben beschlossen, die Sprache Polnisch zu erlernen, da sie jetzt nahe an der polnischen Grenze wohnen und die Sprache auch für berufliche Zwecke brauchen. „Weiß Du, was sie will?" „Ich kann zwar kein polnisch, aber denke mir mal, dass sie sich vorgestellt hat." „Cisza z tyłu[2]." Bei Frank klingelte das Handy. „Rogalla, guten Tag." „Sie wollen polnisch lernen und sprechen deutsch, was soll das? Schalten Sie ihr Handy aus." „Ich bin Leiter der -." „Das sagen Sie jetzt auf Polnisch!" „Wenn ich wüsste, wie es auf polnisch heißt, dann könnte ich es ihnen auch sagen." „Erst einmal lernen wir, zu fragen was das eine oder andere Wort auf polnisch heißt." „Erst mal gehe ich raus und beende dort mein Gespräch", sagte Frank in einem Ton, der keinen Widerspruch duldete. Frank war wieder draußen. „Wo sind Sie denn gerade?" „In der Frankfurter Volkshochschule und lerne polnisch." „Nutzen Sie lieber die Fortbildungen von der Polizei, da können auch Angehörige mitmachen. Andere Sache: An der Technischen Hochschule Wildau wurde ein Professor tot aufgefunden. Unser Arzt geht von Mord aus." „Danke, dass Sie mich anrufen, dann entkomme ich wenigstens dem Polnisch-Drachen. Wo sind Sie denn? Wo liegt denn dieses komische Wildau überhaupt?" „Ich bin beim Tat-

---

[1] Dzien dobry, naziwam şe Ewa Buttikowa a mierszkam Frankfurtu (ausgesprochen: Djien dobri, nasiwam sche Ewa Buttikowa a mierschkam Frankfurtu): polnisch für „Guten Tag, ich heiße Ewa Buttikowa und wohne in Frankfurt."

[2] Cisza z tyłu (ausgesprochen: sischa s tiwu): polnisch für „still und zurück"

ort, aber ich veranlasse, dass Sie von der Volkshochschule abgeholt werden." Frank ging noch mal rein und holte seine Jacke. „Was machen Sie denn noch hier?" „Meine Jacke holen, ich werde gleich von einem Kollegen abgeholt. Guten Abend." „Kennt jemand den Kerl?" fragte die Dozentin. „Ja, das ist mein Mann. Er ist Leiter der hiesigen Mordkommission", antwortete Ulrike.

„Wer ist denn der Tote?" fragte Frank Rogalla seinen Mitarbeiter Harry Wehmeyer. „Das ist Prof. Dr. Gunnar Knopfler. Er war ein Kandidat für den Dekan[3]-Posten für den Fachbereich Betriebswirtschaft/Wirtschaftsinformatik. Ein Wachmann hat ihn gefunden." „Woher wissen Sie das denn? Und wo ist überhaupt der Wachmann?" „Ich habe ein Professor auf dem Gang gefunden, dieser hat mir das erzählt. Er war gerade im Begriff, nach Hause zu gehen. Es war Prof. Dr. Jens Paul, der einen Lehrstuhl für Wirtschaftsrecht hat. Der Wachmann kannte den Toten nicht, ich habe ihn nach Hause geschickt", so der Mitarbeiter, der wusste, dass er einen Fehler gemacht hat. „Und wo ist dieser Professor? Haben Sie ihn festgehalten oder auch nach Hause geschickt?" Harry Wehmeyer nickte. „Harry, wie lange machen Sie den Job? Kriminalbeamter im mittleren Dienst heißt nicht nur, den Chef den Wagen zu holen und durch die Gegend zu kutschieren. Haben Sie von dem Mann eine Telefonnummer?" Harry Wehmeyer sah schuldbewusst Frank an. „Etwa nicht? Der Wachmann und dieser Professor sind wichtige Zeugen für uns und

---

[3] Der Dekan ist der Abteilungsleiter einer Fakultät bzw. eines Fachbereichs einer Hochschule und wird vom Fachbereichsrat gewählt.

Sie lassen beide laufen, Sie Hobby-Chirurg. Das kann nicht wahr sein! Wo bin ich hier gelandet? Gibt es noch mehr Zeugen, die sich am Tatort aufhielten und denen Sie den Feierabend gegönnt haben?" „Nein." Herr Prof. Detlevsen und Sonja Weber, die aufgrund der Unruhe im zweiten Stockwerk Prof. Detlevsens Büro verlassen, sahen das Aufgebot an fremden Menschen. „Wer sind Sie?" fragte Frank die beiden Personen, „und haben Sie was mit Prof. Knopfler zu tun?" „Ich weniger als Herr Detlevsen", so Sonja Weber, „nur dass er mein Zimmernachbar ist und ich war bei Aldi." Sonja, die eine Aldütüte in der Hand hatte, zeigte den Kommissar die Quittung, wo auch die Uhrzeit draufstand. „Die können Sie behalten, die brauche ich nicht, erschrecken kann ich mich auch anders." „Was ist denn mit Herrn Knopfler?" „Wir vermuten, dass er ermordet wurde." Die Tür von Prof. Detlevsens Büro stand noch offen. Prof. Detlevsen, der das Gespräch zwischen seiner Assistentin und dem Kommissar beobachtet hat, stellte sich nun vor und bat den Kommissar in seinem Büro. Frank wiederum erzählte Prof. Detlevsen, dass Prof. Knopfler ermordet wurde. Prof. Detlevsen wurde leicht blass, da er sich mit dem Knopfler gut verstand. Hin und wieder ging Prof. Detlevsen mit dem Opfer Essen. Dennoch konnte Prof. Dr. Detlevsen die Frage nicht lassen: „Und warum haben Sie keine Klarheit, dass er ermordet wurde? Das müssen Sie doch als Fachmann wissen." „Weil er noch nicht auf dem Weg zur Gerichtsmedizin ist und somit noch nicht untersucht wurde. Herr Prof. Detlevsen, haben Sie noch Zeit, einige Fragen zu beantworten? Und natürlich auch Ihre Assistentin." „Kein Problem." Sonja Weber konnte über

den Ermordeten wenig sagen, ganz anders als Prof. Dr.
Detlevsen. „Ich kannte ihn kaum, ich habe ihn nur ge-
grüßt und ein paar Worte mit ihm gewechselt, mehr
nicht", so Sonja Weber, „und so oft liefen wir uns auch
nicht über den Flur. Herr Detlevsen kann dazu eher etwas sagen." In der Zeit war der Gerichtsmediziner Dr.
Schmidt-Mittelstädt dabei, den Toten zu untersuchen.
Nachdem Frank mit den Befragungen fertig war, kam
der Gerichtsmediziner auf ihn zu. „Der gute Mann ist vor
zwei Stunden gestorben." Frank, der noch die Quittung
von Sonja Weber, in der Hand hielt, sagte mehr zu sich
selbst: „Frau Weber war es nicht, die war bei Aldi." Dafür stellte Frank den innerlich abwesenden Prof. Detlevsen ein paar Fragen über das Opfer und das Verhältnis
des Opfers zu dem Prof. Paul im Büro von Prof. Detlevsen. „Wie gut kamen Prof. Paul und Prof. Knopfler mit-
einander klar?" „Das kann ich wirklich nicht sagen, Herr
Knopfler und ich waren Kollegen, so innig war das Verhältnis zwischen Prof. Knopfler und mir auch nicht. Herr
Knopfler und Herr Paul sind kompetent genug, ihre Kon-
flikte untereinander auszutragen." „Was hat es eigentlich
mit dem Prof. Dr. Paul auf sich? Was ist das für ein Kollege?" „Eher ruhig, aber ein sehr kompetenter Kollege.
Er gehört zu dem Fachbereich Wirtschaft, Verwaltung
und Recht." „Können Sie sich vorstellen, dass der Kollege jemanden umbringen könnte?" „Nein, absolut nicht.
Wir sind sehr gebildete Menschen und können – wie
bereits gesagt – unsere Kritik auf eine ruhige und sachli-
che Art austragen." „Da habe ich eher etwas anderes
erlebt. Gut, das ist ein anderes Thema. Wie kam Herr
Prof. Dr. Paul mit Prof. Dr. Knopfler insgesamt zu-

recht?" „Das kann ich Ihnen nicht beantworten, da müssen Sie Herrn Paul direkt befragen." „Und wo er wohnt, wissen Sie nicht?" „Nein, ich kann ihn nur sein Büro nennen. Sagen Sie mal, Sonja, wo hat Herr Paul sein Büro?" Prof. Detlevsen sprach Sonja, die heimlich in sein Büro geschlichen ist, darauf an. Dieses sah Frank, was ihn zu einer verärgerten Äußerung veranlasste. „Ich sehe noch einmal darüber hinweg, wenn Sie mir bitte die Adresskoordinaten von Herrn Prof. Dr. Pauls Büro ausdrucken, Frau Weber", knurrte Frank. Eine kurze Zeit später hat Frank auch das Gewünschte.

„Harry, Sie bringen mich bitte erst zu der Witwe und danach geht es nach Hause", so Frank zu seinen jungen Kollegen, als er in das Auto einstieg, „schließlich müssen wir der Dame beibringen, dass sie in nächster Zukunft allein ist und Witwenrente bekommt. Ich sage es der Dame persönlich." Vor der Tür angekommen wollte die Witwe ihren Mann im Empfang nehmen. „Da bist Du ja endlich –", unterbrach sich die Witwe selbst, „darf ich fragen, wer Sie sind?" fragte sie die beiden Herren, als sie diese sah. Frank zeigte seinen Ausweis und stellte sich und seinen jungen Kollegen vor. „Können wir reinkommen, Frau Knopfler?" „Ja, natürlich. Kann ich Ihnen etwas anbieten?" „Nein, danke." Frank überbrachte der Witwe die Nachricht vom Tod ihres Mannes. „Entschuldigen Sie bitte, aber ich muss Ihnen ein paar Fragen stellen. Wo waren Sie heute Abend zwischen halb acht und acht Uhr?" „Zuhause, ich habe auf meinen Mann gewartet, allein." „Und wie war die Ehe?" „Sie war sehr harmonisch, ich vermisse ihn jetzt schon." „Das haben wir gemerkt, als Sie uns entgegen kamen. Hatte Ihr Mann Feinde auf der Arbeit?" „Nein, aber demnächst ist die Wahl zum Dekan im Fachbereich. Er wollte sich auf jedem Fall aufstellen lassen." „Hatte er Gegenkandidaten oder Leute, die ihn das nicht gönnen?" „Das kann ich auf jedem Fall nicht beantworten, tut mir Leid." Die Witwe brach in Tränen aus. „Haben Sie jemand, der schnell zu Ihnen kommen kann? Freundin, Geschwister oder andere Verwandtschaft? Wenn Sie möchten, rufen wir Ihnen einen Seelsorger oder jemand vom psychologischen Dienst der Polizei an. Allein möchte ich Sie hier nicht lassen." Erneut brach Frau Knopfler in Tränen aus. Sie sagt, dass eine Freundin von ihr um die Ecke wohnt. „Ich rufe die Dame für Sie an, wenn Sie mir die Telefonnummer geben." Frau Knopfler gab Frank das Gewünschte. „Guten Abend Frau Schäfer, entschuldigen Sie, dass ich Sie zu später Stunde störe." Frank erklärte die Situation. Kurz darauf kam die von Frank angerufene Freundin von Frau Knopfler, Karina Schäfer. Frank stellte ihr ein paar Fragen. „Gunnar war ein guter Ehemann, Freya und er, das war eine Einheit, jedoch machten die beiden auch getrennte Sachen. Shopping gehört ja nicht unbedingt zu den Männerfreuden und es gibt wenige Frauen, die die Abseitsfalle beim Fußball erklären können." „Das stimmt. Gut, vielen Dank, Frau Schäfer, auf Wiedersehen." Die beiden Herren konnten beruhigt nach Hause fahren. Gegen halb eins kam Frank nach Hause, Ulrike war noch wach. „Mord an der Technischen Hochschule Wildau. Ein Professor wurde umgebracht und wir konnten keinen befragen. Jetzt bin ich richtig müde. Wie war denn das Polnisch?" Ulrike wollte ansetzen, als sie merkte, dass ihr Mann bereits eingeschlafen ist. Sie nahm die Brille von ihrem Mann ab. „Du bist so was von müde, so dass Du mir nicht einmal zuhören konntest und dir nicht mal die Brille abgenommen hast." Sie gab ihrem schlafenden Mann noch einen Kuss.

Der Wecker riss Frank und Ulrike um halb sieben aus dem Schlaf. Ulrike hatte Frühschicht und musste um acht Uhr da sein, bei Frank war das auch nicht anders. „Wo ist meine Brille?" „Bei mir auf dem Nachtschrank. Du bist gestern so schnell eingeschlafen, da habe ich die Brille abgenommen." „Danke, ich war auch müde. An der Technischen Hochschule Wildau wurde ein Professor ermordet. Dann waren Harry und ich bei der Witwe. Ich hab' einen Schädel, als hätte ich den ganzen Alkohol, der in unserem Partykeller steht, ausgetrunken." „Du hattest nicht so viel Schlaf gehabt, dass ist alles. Beeilung, Frank, ich will auch ins Bad", sagte Ulrike und gab ihren Mann einen Kuss. Da Charlotte wusste, wie ihr Schwiegersohn seinen Kaffee trank, bereitete sie diesen für Frank vor. Als Frank am Frühstückstisch ankam, konnte er seinen Kaffee trinken. „Danke Charlotte." Kurz darauf kam auch Clarissa, die älteste Tochter von Frank und Ulrike, an den Frühstückstisch. Sie murmelte einen Gruß in Richtung Großmutter und Vater, nahm sich einen Apfel und ging raus. Ulrike kam Clarissa entgegen. „Hast Du schon gefrühstückt?" Clarissa war schon fast an der Haustür. Frank schnappte sich seine Tochter. „Aua, Papa, Du tust mir weh." „Diese Unsitte, die Du uns gezeigt hast, haben Mama und ich Dir jedenfalls nicht beigebracht." „Und was willst Du?" „Dass Du dich am Frühstückstisch hinsetzt und ein ordentliches Frühstück einnimmst, bevor Du zur Schule gehst." „Zu dieser komischen Schule gehe ich nicht mehr hin. Und seit wann hast Du etwas zu sagen? Denn schließlich sind wir wegen Mutti in dieses komische Frankfurt gezogen, wo nichts los ist." „Ich bin meiner Tochter keiner Rechenschaft schuldig und was die Schule betrifft, darüber reden wir noch. Erst einmal frühstückst Du ordentlich." Frank fing an, ruhig zu werden – kein Zeichen für Ulrike und Clarissa, was aber Ulrikes Mutter Charlotte – die ihren Schwiegersohn nur durch die Besuche kannte, aber ihn bisher nicht im Alltag miterlebt hat – falsch deutet. Auf der anderen Seite entsann sich Clarissa, dass sie bald Teenager ist und dann den ‚Job' hat, ihre Eltern zu stressen. Das erste Opfer des ersten ‚Clarissa-Stresstestes' war gleich ihr Vater. „Machst jetzt einen auf autoritären Menschenfresser?" provozierte Clarissa ihren Vater. „Aber Steffi darf ja alles, sie darf sogar bei den Meyers sein und Schimpfwörter lernen. Das kriegst Du gar nicht mit, Papa. Das sind mit Sicherheit die Schimpfwörter, die Du jeden Tag bei den Verhören anhören darfst." „Na ja, Du befindest dich am Anfang deiner Teenager-Laufbahn und deine Stresstests sind noch entwicklungsbedürftig. Was Steffi betrifft, werden deine Mutter und ich auch eine Lösung finden, damit sie es nicht macht", antwortete Frank stattdessen gütig und redete weiter. „Misch' Du dich nicht in Sachen ein, die dich nichts angehen", so Frank, der wieder dabei war, leiser und ruhiger zu werden. Ein Zeichen, dass das Familienoberhaupt trotz des gütigen Tons immer noch über seine älteste Tochter verärgert ist und die Familie in Deckung gehen soll … Charlotte, die das Gespräch zwischen ihrer Enkeltochter und ihrem Schwiegersohn mitbekam, sah leicht weg. Dass ihre jüngere Enkeltochter bei den Nachbarn mit den Schimpfwörtern verweilt, daran war sie nicht ganz unschuldig. „Da kannst Du ja Oma fragen", ergänzte Clarissa. „Wir beide sprechen uns noch, Clarissa", so Frank zu seiner älteren Tochter im strengen, jedoch ruhigen Ton, „und wir auch, Charlotte", so Frank etwas lauter. Charlotte zuckte zusammen. Clarissa aß noch ihr Frühstück, stand auf, nahm ihre Sachen und machte sich auf dem Weg zur Schule. Irgendwann mussten Frank und Ulrike los. Frank fuhr mit dem Fahrrad und Ulrike mit dem Auto zur Arbeit.

Frank und seine Mitarbeiter sowie der Staatsanwalt und der Gerichtsmediziner, besprachen die erste Tat. „Wir wissen nur, dass dieser Professor für Wirtschaftsinformatik ist und die Wahl zum Dekan ansteht. Seine Ehe war harmonisch und von Seiten der Kollegen gab es nichts zu sagen, zumindest von den Kollegen, die wir angetroffen haben, denn meistens macht jeder mittwochs um Vier auch seins. Die Mitarbeiterin von dem Prof. Dr. Detlevsen, die im benachbarten Labor sitzt, war bei Aldi und hat etwas gekauft. Sie hat mir die Quittung vorgelegt. Dann war noch ein Prof. Dr. Paul, der war aber schon weg, der wird aber heute in die Mangel genommen. Harry, wenn Sie bitte so freundlich wären und raus suchen könnten, wann dieser Herr Paul Vorlesungen hat." „Hab' ich schon als Erstes gemacht. heute um 14 Uhr, Haus 100, Raum 214, Vorlesungsende 15.30 Uhr, Internationales Recht." „Eine Vorlesung, die ich nicht sehr spannend finde, aber irgendwie müssen die Kaufleute aus verschiedenen Staaten auf einen Nenner kommen. Ich weiß' nicht, ob es Ihnen gestern aufgefallen ist, aber unser Opfer hat in der Hochschule ein Unternehmen. ‚Knopfler IT' oder wie das Unternehmen heißt. Harry, Sie hören sich mal bitte um, ob der Tote ein netter Chef, im Gegensatz zu mir gestern, oder ein böser Chef war. Da wir noch nicht wissen, wo die Reise hingeht, Herr Dr. Plasberg, ist es sinnvoll, wenn alle befragt werden. Ich denke, Sie sind mit meiner Vorgehensweise einverstanden." Der Staatsanwalt nickte den Kopf.

Kurz vor halb neun machte sich Dr. Trepsdorf von seinem Büro im Haus 16 auf den Weg zum Haus 13 – das Verwaltungsgebäude der Hochschule – um seine Post zu holen. Als Studiengangsprecher[4] ist Dr. Trepsdorf für die Bachelor- und Master-Studiengänge der Betriebswirtschaft im Präsenzstudium[5] sowie den Bachelorstudiengang im berufsbegleitenden Studium[6] der Betriebswirtschaft verantwortlich. Für Dr. Trepsdorf heißt das, das er selbst für das Luft holen so gut wie keine Zeit hat – wenn ihn nicht zwei seiner drei studentischen Mit-

---

[4] Der Studiengangsprecher übernimmt die Koordination und die studienbegleitende, fachspezifische Beratung für einen bestimmten Studiengang. Aus: http://bwl.htw-berlin.de/personen/studiengangssprecher-fachberater, zuletzt zugegriffen am 29. März 2016

[5] Das Präsenzstudium ist ein normales Studium, das in der Regelstudienzeit von sechs Semestern (Bachelor) bzw. vier Semestern (Master) abgeschlossen wird.

[6] Es wird an Technischen Hochschule Wildau ein berufsbegleitendes Studium für den Bachelorstudiengang der Betriebswirtschaft angeboten. Die Studienzeit beträgt neun Semester.

arbeiterinnen nach besten Kräften unterstützen! Von der dritten studentischen Mitarbeiterin will Dr. Trepsdorf sich trennen, denn das war einer der Gründe, warum er auf dem Weg zum Verwaltungsgebäude war. Er rauchte beim Gehen noch eine Zigarillo. Da Nachprüfungszeit war, waren einige Studierende, die in einem anderen Fach eine Klausur nachschreiben mussten, weil diese körperlich oder geistig bei der letzten Prüfung nicht anwesend waren, zu sehen. Den einen oder anderen, den Dr. Trepsdorf kannte und unterwegs begegnete, grüßte er freundlich. Kurz vor dem Verwaltungsgebäude machte er seine Zigarillo aus und wunderte sich, dass Prof. Dr. Gunnar Knopfler nicht draußen stand und eine Zigarette rauchte, da der Professor gewöhnlich um diese Zeit die „Morgenluft" genießt. Dieses war für Dr. Trepsdorf Anlass genug, eine weitere Zigarillo zu rauchen und mit dem Professor ein Gespräch unter Kollegen zu führen. Der ‚Herren- und Rauchersalon' mit den schweren Ledersesseln und einem Marmortisch mit einem Aschenbecher wurde in ein etwas ungemütliches Stehen vor dem Verwaltungsgebäude getauscht, den auch andere rauchende – unter anderem auch weibliche – Mitarbeiter der Technischen Hochschule Wildau nutzten. Statt Prof. Knopfler traf Dr. Trepsdorf Frau Feuert und Herr Doch an, die auf der Treppe des Nebeneingangs saßen und rauchten. „Guten Morgen", begrüßte Dr. Trepsdorf die beiden Mitarbeiter der Hochschule mit einem Handschlag, „ist Herr Knopfler krank? Sonst raucht er um diese Zeit mit. Wo steckt der Mann?" Frau Feuert zuckte wie üblich mit den

Schulten und Herr Doch schüttelte den Kopf. „Na, hoffentlich hat er kein Ebola", so Dr. Trepsdorf trocken. „So schlimm wird es mit Herrn Knopfler auch nicht sein", milderte Frau Feuert Dr. Trepsdorfs ‚worse case-szenario‘[7] ab, jedoch ahnten alle drei nicht, das es um Prof. Knopfler weitaus schlimmer stand … Die drei redeten noch eine Zigarettenlänge, bevor Dr. Trepsdorf das Haus 13 betrat. Der Weg führte ihn zuerst zur Personalabteilung, denn die studentische Mitarbeiterin – die das Arbeiten nicht erfunden hat – wollte er lieber vorgestern als übermorgen loswerden. Am Abend zuvor erhielt Dr. Trepsdorf eine E-Mail von dem Lehrbeauftragten, der im berufsbegleitenden Studium im Fach ‚Projektmanagement‘ eingesetzt wurde, allerdings kein Interesse hat, diese Vorlesungen am Samstag durchzuführen. Dieser musste durch einen anderen Lehrbeauftragten ersetzt werden – denn für die Samstagsvorlesungen ist es insgesamt nicht einfach, einen geeigneten Lehrbeauftragten zu finden. Ein Abstecher bei Frau Feuert – die für die Stundenplanung verantwortlich war – war also auch notwendig. Dr. Trepsdorf hoffte, dass die junge Kollegin – die auch ein Büro in Haus 13 hat – mit dem Rauchen fertig war, wenn er bei ihr auftauchte.

---

[7] Das Worse Case-Szenario beschreibt ein Szenario, dass für das Unternehmen am ungünstigen ist. Aus: Kollmann, T. (Hrsg.): Worse Case, aus Gabler Kompakt-Lexikon Unternehmensgründung, Gabler Verlag, 2. Auflage, Wiesbaden 2009, S. 441

Nach dem Besuch bei der Stundenplanung holte Dr. Trepsdorf seine Post aus dem Postfach heraus und ging anschließend zum Dekanat[8] des Fachbereichs Betriebswirtschaft/Wirtschafts-informatik, um wieder ein paar neue Bachelor-, Diplom- und Masterarbeiten abzuholen. „Guten Morgen, Frau Waldmann", begrüßte Dr. Trepsdorf die Sekretärin des Fachbereichs, die verzweifelt versuchte, Prof. Knopfler auf seinem Diensttelefon und auf seinem Handy zu erreichen. „Guten Morgen, Herr Trepsdorf, was wünschen Sie?" fragte Frau Waldmann zwischen Verzweiflung und Erschöpfung. „Ich wollte Sie wieder um ein paar Abschlussarbeiten erleichtern, Frau Waldmann", so Dr. Trepsdorf. Es stand das Wochenende vor der Tür. Vor ein paar Wochen hat Dr. Trepsdorf ein Regal bei einer schwedischen Möbelhauskette gekauft, das er längst aufbauen wollte. Ein weiterer Bestandteil der Tätigkeit von Dr. Trepsdorf war auch die Betreuung der Studierenden beziehungsweise die Begutachtung von Abschlussarbeiten. Wieder überreichte Frau Waldmann die „geistigen Ausgüsse" der Kandidaten in Form von sechs Büchern, die gelesen und begutachtet werden wollen. ‚Dieses fordert nun mal seinen Tribut! Das Regal muss warten! Das Lesen der Abschlussarbeiten hat Vorrang!' waren Dr. Trepsdorfs Gedanken, während er die Annahme der Arbeiten quittierte. Dr. Sören Trepsdorf war zwar kein handwerklicher Totalausfall und es bereitet ihm auch keine Schwierigkeit, so ein Regal aufzubauen. Die große Lust hatte er

---

[8] Dekanat = Sekretariat des Fachbereiches

hier auch nicht, denn das Lesen der Abschlussarbeiten diente hier als Alibifunktion, die erledigt werden muss! Das ist ein Aufgabenbereich, für den er vom Land Brandenburg bezahlt wurde! Langsam nervten ihn die Krimis, Science-Fiction-Romane und Fachbücher, die er in der vorlesungsfreien Zeit gelesen hat. Diese hat er in einem Karton verstaut und der Karton verweilt neben dem neu erworbenen Regal im Keller! Jedoch nahmen die so genannten „Alibis" Überhand, denn Dr. Trepsdorf war bei den Studierenden ein beliebter Dozent, was die Betreuung oder die Begutachtung von Abschlussarbeiten betrifft. Frau Waldmann versuchte, das abzufedern und die Studierenden zu überzeugen, auf einem anderen Betreuer oder Gutachter auszuweichen. Zurzeit hatte Frau Waldmann ein anderes Problem, nämlich Herrn Prof. Knopfler aufzuspüren und telefonisch zu erreichen. Es klingelte das Telefon. Frau Waldmann nahm ab, während Dr. Trepsdorf die Abschlussarbeiten an sich nahm. „Nein, ich versuche immer noch, Herrn Knopfler zu erreichen", so Frau Waldmann. Sie beendete das Telefongespräch. „Haben Sie heute schon Herrn Knopfler gesehen, Herr Trepsdorf?" „Nein, ich habe mich heute schon gewundert, denn sonst steht er um diese Zeit vor dem Gebäude und raucht. Heute war es nicht so. Ist er krank?" Langsam machte sich auch Dr. Trepsdorf Sorgen um seinen Kollegen. Er machte sich auf dem Weg, denn um halb elf hatte er noch eine Klausuraufsicht und bis dahin wollte er noch die Post bearbeiten. Er hatte noch einiges zu tun, es warten auf ihn noch zwei Gutachten, die verfasst werden müssen.

Am Nachmittag hat er eine mündliche Bachelor-prüfung mit Prof. Dr. Detlevsen. Mit dem Professor nahm er gerne die Prüfungen ab, denn anders als seine Kollegen beziehen seine sich Fragen auf die Abschlussarbeiten – für die diese mündlichen Prüfungen anberaumt wurden – und nicht auf die vorherigen Fächer. Da hatten die Kandidaten ihr Können bereits unter Beweis gestellt …

„Wann gehst Du denn in Rente, Carsten?" fragte Prof. Dr. Marcel Steinkamp den älteren Kollegen – Prof. Dr. Carsten Detlevsen – statt einer Begrüßung. „Früh' genug und ich hoffe, dass ich deine Visage nie wieder sehe. Aber versprech' mir eins, Marcel: Gehe nie allein im dunklen Wald, denn Du könntest mir begegnen und dies ist für deine Gesundheit nicht sehr förderlich", so Prof. Detlevsen in einem ruhigen Ton, „aber was die Begrüßung betrifft, da hat deine Mutti Dir auch nicht gesagt, dass man zu älteren Herren ‚Guten Tag' sagt." Prof Steinkamp fing an zu zittern. War es der ältere Kollege, der ihm die Drohbriefe in letzter Zeit schreibt? Prof. Detlevsen holte seine Post und ging zufrieden zu Frau Waldmann, wo wieder einige Abschlussarbeiten auf ihn warten.

Zu Beginn des neuen Semesters wurden zwei Professoren für den Fachbereich Betriebswirtschaft/Wirtschaftsinformatik berufen. Es waren zum einen die 32jährige Prof. Dr. Babette Katzenberger und zum anderem Prof. Dr. Steffen Birk. Frau Prof. Dr. Katzenberger kam von der Universität Cottbus. Außergewöhnlich bei ihr war der feste Händedruck, wo manch einer meinte, dass die Hand fast gebrochen wäre. Der fast 36jährige Brillenträger Prof. Dr. Steffen Birk sah zwar noch mit jeweils einem Ohrring am Ohr ziemlich ungewöhnlich aus, jedoch war er sehr ehrgeizig. Im letzten Wintersemester hatte er bei Prof. Detlevsens Vorlesungen im Fach ‚Management sozialer Netzwerke' einen Gastvortrag gehalten. Beide jungen Kollegen wurden von der Dekanin, Prof. Dr. Katja Jessen, in ihrem Büro empfangen. Dort erfuhren die beiden neuen Professoren von ihr, dass ein Kollege unfreiwillig mit Hilfe eines Dritten das Zeitliche gesegnet hat. Sie waren sehr erschrocken und zweifelten, ob dieser Arbeitsort der Richtige ist. „So lange wir beide nicht ums Leben kommen", so Prof. Steffen Birk etwas forsch, denn als einziger Mann wollte er seine Angst vor der neuen Kollegin und seiner Vorgesetzten nicht unbedingt zeigen.

Einar Hausmann, der aufgrund der Folgen der Verletzung im Krankenhaus zur Beobachtung war, erstattete eine Anzeige gegen unbekannt. Zwei Polizisten suchten Gesa Ahrends auf und befragten sie. Gesa Ahrends gab das wieder, was sie gesehen hat. Auch Volkmar Elbe und Birgit Missert wurden von den beiden Polizisten befragt, ob Herr Hausmann Feinde hätte oder ob jemand in letzter Zeit in seinem Bereich entlassen wurde. Dieses mussten beide verneinen.

Die erste Woche des Wintersemesters begann. Dr. Steinkamp hat zwar einen weiteren Drohbrief, der ihn aber keine Angst auslöste, eher steckte die Drohung seines älteren Kollegen von letzter Woche in seine Knochen. „Prof. Detlevsen hat mich bedroht", schrieb Prof. Steinkamp auf dem Zettel und legte diesen auf seinem Schreibtisch, bevor er zur Vorlesung ging. Wieder einmal hat Prof. Dr. Steinkamp bei den Bachelor-Studenten im Europäischen Management eine Vorlesung in Unternehmensplanung und Controlling abzuhalten. Als Prof. Dr. Steinkamp etwas an der Tafel erläutern wollte, klappte dieser die Tafel auf und fing an zu schreiben. Kurz darauf fielen zwei Schüsse, die direkt ins Herz des Professors trafen. Prof. Dr. Steinkamp brach vor den Augen der Studierenden tot zusammen. Die Studierenden saßen immer noch verschreckt da, als die Polizei sie aufforderte, aus den Vorlesungsraum raus zu gehen. „Das ist eine polizeiliche Ermittlung, ich bitte Sie, aus dem Raum zu gehen", so der eine uniformierte Polizist. Die weinenden Studentinnen wurden von ihren Kommilitonen heraus begleitet. Einige Studenten konnten eine Aussage über das tödliche Attentat an ihren Professor machen. „Sie gehen in den Nachbarraum, der gerade leer ist. Ein Kommissar wird Sie dazu befragen." Eine gute Stunde später kam auch Frank, der sich den Tatort ansah. „Um wen handelt es sich überhaupt?" „Prof. Dr. Steinkamp, Professor für Controlling, Externes Rechnungswesen und Bilanzierung sowie Kosten- und Leistungsrechnung. Er ist im Fachbereich Wirtschaft, Verwaltung und Recht." „Man könnte fast den Eindruck bekommen, hier sterben die Professoren wie die Fliegen. Letzte Woche war ich auch schon hier, allerdings in diesem Backsteingebäude. Da ist ein gewisser Prof. Dr. Knopfler dem Mörder zum Opfer gefallen. Harry, befragen Sie bitte die

Studenten zu dem eben gerade statt gefundenen Mord-fall. Die Leute sind im Nebenraum, verschaffen Sie sich ruhig Respekt. Die können gerne gemeinsam weinen, was auch verständlich ist, aber eine Aussage sollte je-doch einer von denen machen. Ich bin gleich bei den Sekretärinnen von den beiden Fachbereichen. So tra-gisch die Sache auch ist, aber eine von den beiden Sekre-tärinnen sollte auch eine Aussage machen. Eine Dame werden wir mit großer Sicherheit mit verheulten Augen antreffen." Frank suchte zuerst die Sekretärin vom Fach-bereich Wirtschaft, Verwaltung und Recht, Frau Weg-gang, auf. Diese war geschockt und zum anderem erfuhr auch der dortige Dekan, Prof. Dr. Breiders, vom Tod seines Kollegen. „Können Sie sich überhaupt ausweisen, Herr-? Nicht dass da jemand kommt und sich mit uns einen sehr schlechten Scherz erlaubt." Frank zeigte sei-nen Ausweis. „Gut, Frau Weggang kann erst einmal nicht reden, ich denke mir mal, wir beide sollten es tun. Frau Weggang, ich hole mal Frau Adomeit hoch, damit sie mir hier nicht alleine sitzen und das Dekanat bleibt für heute geschlossen." Der Dekan schloss die Tür, um mit Frank ungestört zu reden. „Nun, stellen Sie mal ihre paar Fragen." „Hat Herr Steinkamp Familie?" „Eine Lebensgefährtin, sie ist Volkswirtin, ob die beiden zu-sammen Kinder haben, weiß ich nicht. Er ist Mitte 40." „Wie kam er denn bei den Studenten an?" „Er war als Professor beliebt, außer bei den Masterstudiengang Wirt-schaft und Recht, da gab es Diskrepanzen. Wir haben für Controlling einen Lehrbeauftragten genommen. Ich glaube nicht, dass da einer von den angehenden Wirt-schaftsjuristen oder Europamanagern im Gefängnis gesiebte Luft atmen will." „Gab es Kollegen, mit den Prof. Dr. Steinkamp oft zusammenarbeitete?" „Ja, Herr Prof. Dr. Paul, ich weiß' nicht, ob er da ist, die Professoren sind ja so ziemlich frei." „Wo sitzt denn dieser Prof. Dr. Paul?" „Da müssen Sie wirklich Frau Weggang fragen, das weiß' ich nicht." Der Dekan begleitet Frank zur Sekretärin. Neben der Sekretärin, die weinend am ihren Arbeitsplatz saß, war noch eine weitere Mitarbeiterin. „Guten Tag, mein Name ist Rogalla, Kriminalpolizei Frankfurt", so Frank und zeigte seinen Ausweis, „darf ich fragen, wer Sie sind?" „Astrid Adomeit, ich bin wissenschaftliche Mitarbeiterin dieses Fachbereiches." „Sie haben sicherlich von ihrer Kollegin gehört, was mit Herrn Prof. Dr. Steinkamp passiert ist. Ich wollte zu Herrn Prof. Dr. Paul, wissen Sie, wo dieser sitzt?" „Hier im Haus 100, Raum 481." „Wie kamen Sie mit Herrn Prof. Dr. Steinkamp zurecht, ich meine als Kollege, als Mensch?" „Ich konnte über ihn nicht klagen, er war ein verträglicher Zeitgenosse." „Hat er Feinde unter den Kollegen oder unter den Studenten?" „Das ist mir nicht so bekannt, ich weiß' auf jedem Fall, dass eine Seminargruppe Probleme mit ihm hatte. Welche es war, weiß' ich nicht so genau." Es klopfte an der Tür, ein Mann von ca. 1,70 m, mit Glatze, Vollbart und Brille kam herein. „Jetzt wird es richtig voll! Wer sind Sie, wenn ich fragen darf." „Das ist Herr Paul", beantwortet Frau Adomeit für den Eingetretenen. „Und wer sind Sie? Können Sie sich ausweisen?" Frank zeigte seinen Dienstausweis. „Ich habe ein paar Fragen an Sie, Herr Prof. Dr. Paul. Wo können wir ungestört reden?" „In meinem Büro."

Im demselben Zeitraum betrat Prof. Dr. Martin Tchanner den einen Computerraum im Haus 100 auf dem Campusgelände der Technischen Hochschule Wildau. Auf den Platz, wo die Dozenten und Lehrkräfte waren, war ein Zettel, auf dem „Sie können die quantitative Betriebswirtschaft, Prof. Tchanner, ICH kann etwas anderes! Prof. TOD!" stand. „Schön für dich", sagte Prof. Dr. Tchanner in den leeren Raum und schmiss den Zettel weg. Der Tod des zukünftigen Dekans, Prof. Knopfler, hat Prof. Tchanner betroffen gemacht, jedoch muss der Betrieb weiter gehen. Aus diesem Grund lässt sich Prof. Tchanner nicht von den Schmierereien dieser Art aufhalten …

Im Büro angekommen stellte Frank die entsprechenden Fragen. Das Büro war mit Zigarrenrauch umgeben, was bei Frank ein leichtes Kratzen im Hals verursachte. „Ich komme nicht nur wegen ihren Kollegen Steinkamp, sondern Sie wurden letzte Woche auch bei dem Prof. Dr. Knopfler gesehen." „Ich wollte kurz noch etwas mit ihm besprechen, bei mir war er noch ziemlich lebendig und bei guter Laune." „Wie kamen Sie mit Prof. Dr. Knopfler klar?" „Allgemein wie man mit Kollegen klarkommt, die aus einem anderen Fachbereich sind, eben halt ganz kollegial. Ich weiß' jetzt nicht, was Sie wollen, also mir hat er nichts getan." „Was wollten Sie mit Prof. Dr. Knopfler besprechen?" „Es ging um die zukünftige Ausrichtung des Fachbereichs Betriebswirtschaft/Wirtschaftsinformatik. Der Kollege hatte andere Vorstellungen als die Hochschulleitung." „Und was wollten Sie bei Herrn Knopfler?" „Das habe ich Ihnen bereits gesagt, Herr

Rogalla, oder leiden Sie schon an Demenz?" Frank schüttelt den Kopf. „Wir beide hatten eine Auseinandersetzung, aber ermordet habe ich ihn nicht. Es gibt andere Möglichkeiten, einen Fachbereich neu auszurichten als die Kollegen deswegen ins Jenseits zu schicken." „Und was ist mit Prof. Dr. Steinkamp?" „Wir beide sahen uns in der Mensa, Haus 10." „Und er war auch lebendig und bester Laune, wenn ich mal raten darf?" „Ja, aber wenn es sich einrichten lässt, gehen wir in der Mensa essen und unsere Frauen freuen sich, wenn sie nichts kochen müssen. Danach hatten wir beide Vorlesungen, Herr Steinkamp in Haus 17, Raum 0030 und ich in Haus 100, Raum 214. Zurzeit gehen wir jeden Donnerstag in die Mensa essen." „Mit anderen Worten, Sie waren der Letzte, der sowohl Prof. Dr. Knopfler als auch Prof. Dr. Steinkamp lebendig, und wie Sie so schön sagten, und in bester Laune gesehen haben?" „Ja, bin ich jetzt tatverdächtig? Die Auseinandersetzung mit Prof. Dr. Knopfler hatte ich bereits benannt, aber deswegen bringe ich den Kollegen nicht um. Meine Kollegen und ich sind sehr hoch qualifiziert und sind auch in der Lage, unsere Aggressionen zu unterdrücken. Wenn einem bei dem anderem etwas stört, dann können wir diesen Punkt den Kollegen gegenüber artikulieren und müssen nicht diesen nach bester Hauptschulmanier verprügeln oder gar töten." Prof. Dr. Paul war über Franks Äußerung sehr verärgert. „Mit Prof. Dr. Steinkamp war ich sogar befreundet, warum sollte ich ihn ermorden?" „Die Fragen stelle ich, Herr Prof. Dr. Paul. Vielleicht liegt etwas im privaten Bereich zwischen Ihnen beiden vor?" „Nein, nicht dass ich wüsste, auch nicht so ein Schmuddelkram oder was Sie denken. Als Jurist weiß ich, dass ich Ihnen nicht antworten muss. Das Gespräch ist für mich beendet." „Für mich auch, aber im diesen Fall beende immer noch ich das Gespräch. Guten Tag." Frank war froh, dass er draußen war, denn er musste selbst als Gelegenheitsraucher aufgrund des hohen Tabakkonsums in den kleinen Raum kräftig husten. Kurz darauf klingelte sein Handy. „Rogalla", meldete Frank sich. „Ja, hier ist Harry, wo sind Sie denn, Herr Rogalla?" „Haus 100, vor dem Raum 481. Ich komme runter, wir beide treffen uns vor Haus 10, da ist die Mensa. Ich muss etwas essen. Was ist mit den Befragungen der Studenten, bei denen unser letztes Opfer die Vorlesungen abhalten wollte?" „Nicht so ungeduldig, Chef! Das erzähle ich Ihnen alles in der Mensa." „Das heben wir uns für Frankfurt auf, ich will erst einmal etwas essen. Hier hören mir zu viele Leute zu, Harry. Zum anderen muss noch die Sekretärin von dem Fachbereich Betriebswirtschaft/Wirtschaftsinformatik befragt werden."

Frank nahm in der Mensa ein Salatteller, was sein Mitarbeiter mit dem Satz „Herr Rogalla, hat ihre Frau Sie auf Diät gesetzt?" kommentierte. Harry nahm sich ein Mexikana-Hühnchen mit Mais-Paprika-Gemüse und Kartoffelspalten. „Keine Frechheiten gegenüber ihrem Vorgesetzten, Harry. Ich wollte nicht hier reden, da hier doch das eine oder andere aufgeschnappt werden kann. Hier gibt es den Fachbereich Wirtschaft, Verwaltung und Recht, dass heißt, hier rennen ein paar Juristen herum, die uns einen Strick drehen können, was die Ermittlungen betrifft. Guten Appetit, Harry." Frank hörte auch, wie zwei Professoren am Nebentisch redeten. Es handelte sich um Prof. Dr. Tchanner und Prof. Dr. Schmidt. „Vorhin war ich im Computerraum. Da lag so ein Schmierzettel, indem jemand behauptet, das er etwas anderes kann als quantitative Betriebswirtschaft." „Und was kann er?" „Keine Ahnung, das hat dieser Schmierfink nicht geschrieben. Ich habe den Zettel dahin geschmissen, wo er hingehört: im Papierkorb." Frank ging auf die beiden Herren zu. „Guten Tag, die Herren. Entschuldigen Sie, dass ich dieses anregende Gespräch störe", Frank zeigte den beiden Herren seinen Dienstausweis, „mein Name ist Rogalla, Kriminalpolizei. Mordkommission." „Dein anonymes Schreiben macht Aufsehen, Martin", sagte Prof. Jobst Schmidt zu Prof. Martin Tchanner. „Ich habe es nicht geschrieben, Jobst, das war ein anderer." Zu Frank gewandt, sagte Prof. Martin Tchanner. „Das ist doch meine private Angelegenheit, ob ich die Briefe von solchen Schmierfinken wegschmeiße oder nicht." „Nicht so lange, bis die zwei Morde an ihrer Hochschule aufgeklärt worden, Herr -?" „Tchanner, wie der ihr Fernsehkollege Thanner, nur das zwischen dem T und dem H ein C eingeschoben wird, polnische Schreibund Sprechweise. Das CH im Polnischen ist ein H, nur dass bei Tchanner das H stumm bleibt und mein Name ‚Tanner' ausgesprochen wird. Das finden Sie aber sehr selten in Polen. Aber wer wurde denn noch umgebracht?" so der Prof. Dr. Martin Tchanner. „Kollege Steinkamp, das weiß ich vom Kollegen Paul, Martin. Herr Steinkamp wurde vor den Augen der Studierenden gerade zu hingerichtet", so Prof. Dr. Jobst Schmidt. „Ach", sagte Prof. Dr. Tchanner, der sich gerade an sei-

nem Mittagessen verschluckte, „stellen Sie Ihre Fragen."
Prof. Dr. Martin Tchanner, obwohl er aß, stand er geistig
neben sich. „Zurück zu ihrem Schreiben. Wo finde ich
das Zeug?" „Das ist im Haus 100, das Haus hinter der
Lokomotive. Raum 115, im Papierkorb am Dozenten-
schreibtisch." „Danke. Gehen Sie bitte dahin, Harry, und
holen Sie das Schreiben. Haben Sie die Utensilien hierfür da?" Harry nickte. „Kann ich den Herren noch ein
paar Fragen stellen?" Die beiden Professoren nickten
verstört.

Prof. Dr. Detlevsen war noch im Sekretariat des Fachbereiches Betriebswirtschaft/Wirtschaftsinformatik. Neben
der Sekretärin Frau Waldmann hielt sich die derzeitige
Dekanin, Frau Prof. Dr. Katja Jessen, auf. Seit Jahren
sind sich die beiden Professoren feindlich gegenüber
gestellt. Dieses lag eher an Prof. Dr. Detlevsen, denn er
hat sich vor Jahren gegenüber Prof. Dr. Katja Jessen sehr
unfair verhalten und das hat sie ihm nicht verziehen. Was
es genau war, wussten nur die beiden Betroffenen selbst.
Die Folge ist, dass sie erfolgreich gegen Prof. Dr. Detlevsen intrigierte. „Guten Tag, Frau Waldmann, guten
Tag Katja. Jetzt kannst Du dir einige Chancen für die
Wahl zur Dekanin ausrechnen, nachdem Gunnar seinen
Aufenthaltsort verlagert hat." „Was soll die Anspielung,
Carsten?" „Das ist keine Anspielung, Katja, nur ein Gedanke. Ich habe nicht gesagt, dass Du ihn umgebracht
haben könntest. Du kannst ja vom Glück sagen, dass
Gunnar tot ist, wieder ein Konkurrent weniger, der dir
die Wahl zur Dekanin streitig machen kann." „Carsten,
meine Chancen, dass ich Dekanin werde, sind weitaus

größer als das du Prodekan wirst – ohne dass Gunnar ermordet werden muss", verwies die Kollegin Prof. Detlevsen. Dieser schwieg, denn er wusste, dass er dieses Rededuell verloren hat. Während des Gesprächs zwischen den beiden Professoren hatte Frau Waldmann ein Telefonat mit Frau Weggang, der Sekretärin vom Fachbereich, wo sie die Nachricht hörte, dass auch Prof. Dr. Steinkamp ermordet wurde. Prof. Detlevsen sah, dass Frau Waldmann anfing, zu weinen. „Frau Waldmann, Sie sehen aus wie eine weiße Wand, was ist mit Ihnen los?" „Prof. Dr. Steinkamp vom Fachbereich Wirtschaft, Verwaltung und Recht wurde ermordet", erwiderte die Angesprochene tonlos. Kurz darauf kamen Frank und sein Mitarbeiter Harry Wehmeyer in das Sekretariat. „Guten Tag, einige kennen mich schon, ich bin Frank Rogalla und das ist mein Mitarbeiter Harry Wehmeyer", stellte Frank sich vor und zeigte seinen Dienstausweis in die Runde. „Wer ist zurzeit der Dekan beziehungsweise der Stellvertreter?" „Herr Rogalla, ich bin es nicht. Ich muss auch gleich nach oben, sonst wird Frau Weber etwas ungeduldig." „Herr Prof. Dr. Detlevsen, wo waren Sie zwischen 14 Uhr und 14.30 Uhr?" „Ich war auf dem Weg hierher. Ich habe eben die Nachricht von Frau Waldmann gehört, dass Herr Prof. Dr. Steinkamp ermordet worden ist." „Zu Ihnen komme ich später, Herr Prof. Dr. Detlevsen, erstmal will ich den derzeit zuständigen Dekan sprechen." „Dann wenden Sie sich an Frau Jessen, sie ist zurzeit unsere Dekanin." „Gut, Harry, befragen Sie bitte die Sekretärin." Zu Frau Prof. Dr. Jessen gewandt, fragte Frank, wo er mit ihr ungestört unterhalten kann. „Dann kommen Sie bitte mit in mein Büro.

Möchten Sie Kaffee?" „Nein, danke. Ich trinke meinen Kaffee kalt und so lange dauert das Gespräch auch nicht. Frau Prof. Dr. Jessen, können Sie mir bitte sagen, wo Sie gestern Abend zwischen halb acht und acht Uhr waren?" „Zu Hause in Berlin, bei meiner Familie, ich habe gestern Abend Abendessen gekocht. Es gab Wokgemüse mit Vollkornreis." „Wer kann das bezeugen?" „Mein Mann, meine Töchter und der Lebensgefährte von meiner älteren Tochter, Jonas Kollmorgen." „Wo wohnen Sie, wenn ich das fragen darf? Ich muss die betreffenden Familienmitglieder und diesen Freund auch wegen ihres Alibis befragen." Die Dekanin gab ihre Adresse an. „Von Prof. Dr. Detlevsen habe ich gehört, dass die Wahl zum Dekan ansteht. Stellen Sie sich wieder auf?" „Ja", so Frau Prof. Dr. Jessen. „Gibt es Gegenkandidaten?" „Es gab bis letzte Woche fünf, aber einer wurde vor kurzem umgebracht. Dieser Kandidat war Prof. Dr. Knopfler." „Und sonst noch jemanden?" „Prof. Dr. Tellingstedt und Prof. Dr. Schmidt hatten Interesse angezeigt und auch Prof. Dr. Fresenius." „Und Prof. Dr. Detlevsen?" „An den Dekanposten hat er kein Interesse, sondern an den Posten des Prodekans[9]. Der kann mir nicht gefährlich werden, falls Sie das meinen." „Kannten Sie Prof. Dr. Steinkamp?" „Ja, über das Wildau Institute of Technology. Er hat bei den Masterstudiengängen Vorlesungen in Unternehmensplanung und Controlling gegeben. Ich bedaure seinen Tod sehr." „Wie ist das mit Herrn Prof. Dr. Paul?" „Ein ruhiger integrer Kollege, auch er ist im Institut als Dozent für Wirtschaftsrecht tätig. Soweit mir bekannt ist,

---

[9] Stellvertreter vom Dekan, dieser wird auch wie der Dekan vom Fachbereichsrat gewählt.

waren Prof. Dr. Paul und Prof. Dr. Steinkamp befreundet." „Gut, danke, das war's, Frau Prof. Dr. Jessen." „Den ,Professor' lassen Sie ruhig weg, wir Professoren sind es gewohnt, mit der normalen Anrede und den Nachnamen angeredet zu werden, dieses gilt für alle drei Fachbereiche dieser Hochschule. Sie mögen es auch nicht, mit ,Herr Kommissar Rogalla' angeredet werden." „Ich bin Hauptkommissar, aber Sie haben Recht, ,Herr Rogalla' reicht mir völlig." „Das ist bei uns auch nicht anders", so die Dekanin. „Vielen Dank für das Gespräch, Frau Jessen. Ich wünsche Ihnen noch einen schönen Tag." Beide reichen sich zur Verabschiedung die Hände. Im Sekretariat war Harry noch mit Frau Waldmann beschäftigt, die wegen des letzten Todesfalls geweint hat. Frau Waldmann wurde von Harry mehr getröstet als zu den beiden Mordopfern befragt. „Im Gegensatz zu mir konnten Sie keine Ergebnisse erzielen", stellte Frank fest, als sie im Auto saßen und auf dem Weg nach Frankfurt waren. Harry nickte nur. „Harry, ich schätze ihr menschliches Handeln, aber denken Sie bitte daran, dass in erster Linie unsere Aufgabe ist, den Mörder von den inzwischen zwei Opfern zu finden und nicht den Sekretärinnentröster zu spielen." „Na ja, Frau Waldmann heulte wegen beiden Professoren, mit dem einem hatte sie sogar vor Haus 13[10] zu seinen Lebzeiten geraucht." „Mit wem hat sie den geraucht?" „Mit dem Knopfler, das hatte sie in den weinfreien Zeiten erwähnt. Außerdem findet

---

[10] Das Haus 13 – ein altes Backsteingebäude, dass in den 2000ern modernisiert wurde – ist in erster Linie das Verwaltungsgebäude der Technischen Hochschule Wildau. Manchmal wird es in dieser Geschichte Haus 13, das Backstein- oder Verwaltungsgebäude benannt.

demnächst die konstitutive Sitzung für den neuen Fachbereichsrat, wo der neue Dekan gewählt werden soll.

Frau Waldmann ist es egal, wer der neue Dekan wird. Von den Wirtschaftsinformatikprofessoren gibt es Gegenkandidaten wie Prof. Schmidt. Prof. Dr. Knopfler war einer von den Wirtschaftsinformatikern, ebenso wie die Frau Prof. Dr. Jessen, die zurzeit Dekanin ist. Prof. Dr. Fresenius ist wie Tellingstedt von den Betriebswirten."

„Wo war Frau Waldmann gestern? Die Dame muss auch ein Alibi haben", sagte Frank zu seinem Mitarbeiter, während er sich auf dem Verkehr auf der A12[11] konzentriert. „Bei der freiwilligen Feuerwehr in Schulzendorf. Von 19 bis 21 Uhr. Sie hat an einer Übung mitgemacht." „Dann haben Sie doch die Dame ausgefragt?" „Sie hat es mir erzählt. Auch das sie zur Tatzeit, wo Herr Prof. Dr. Steinkamp ermordet wurde, im Sekretariat war. Frau Prof. Dr. Jessen kann dieses Alibi bestätigen. Diese war auch die ganze Zeit in ihrem Büro." „Gut, dann fragen Sie bitte auch bei der freiwilligen Feuerwehr in Schulzendorf nach, ob Frau Waldmann zu dem Zeitpunkt da war, Harry", wies Frank seinen Mitarbeiter an, während er auf dem Verkehr auf der Autobahn achtet.

Es sind noch einige Belegarbeiten zu korrigieren, außerdem müssen für diverse Bachelor-, Master- und Diplomarbeiten Gutachten geschrieben werden. Wieder einmal stöhnte Prof. Dr. Detlevsen, dass er viel zu tun hatte. Das

---

[11] A12: Bundesautobahn 12 – Dreieck Spreeau bei Königs Wusterhausen (Berliner Ring – A10) bis zur polnischen Grenze hinter Frankfurt (Oder). In Polen wird die Autobahn als A2 weiter geführt (Quelle: http://de.wikipedia.org/wiki/Bundesautobahn_12 vom 31. Juli 2014)

Stöhnen kommt bei seiner Assistentin Sonja Weber nicht so gut an. „Ich habe es doch gesagt, werden Sie Hausmeister. Dann können Sie abends um Sieben mit einer ausgeleierten Jogginghose, mit einem Feinripp-Unterhemd und mit einer Flasche Bier in der Hand die Nachrichten auf RTL gucken. Auf jedem Fall werden Sie kein Opfer einer etwas andersartigen Bleivergiftung mit Blutverlust. Das könnte sogar zurzeit ihr Leben retten", so Sonja Weber zu Prof. Dr. Detlevsen.

Der junge Prof. Dr. Steffen Birk hatte seine erste Vorlesung vor den Studenten. „Meine Damen und Herren, Wissenschaft ist nicht das Kopieren von bekannten Thesen mit den Tasten Steuerung mit der Kombination A, C, V oder X, auch nicht, die Staubkörner in den Büchern in Bewegung zu bringen, bevor diese noch einen Bauch ansetzen. Wissenschaft ist das Erfinden oder Finden neuer Lösungen, um das Leben der Menschheit eine neue, nein eine bessere Qualität aufgrund unserer Ergebnisse zu liefern. Sie studieren, weil Sie mit Ihrem Know-how die Arbeitswelt von Ihnen und Ihrer Kollegen verbessern und sich einen Vorsprung gegenüber Ihren Mitbewerbern verschaffen wollen. Wenn Sie Wissen erwerben wollen, nur von Hartz IV zu entfliehen, dann sind Sie hier falsch. Dann ist die Ausbildung als Kaufmann für Büromanagement die bessere Alternative für Sie. In meinen Vorlesungen erwarte ich eine aktive Beteiligung und Lösungsansätze. Natürlich müssen Sie sich Wissen erarbeiten, aber das ist die Basis für Ihre Lösungen. Sture Auswendiglerner können die Sachen packen, die möchte ich nur zur Klausur wieder sehen." Da dachten die Studierenden, vor ihnen steht ein Professor mit Ohrringen und ist verdammt cool – von der Haltung war dieser Typ schlimmer als manch ein Professor kurz vor dem Ruhestand! Neue Besen kehren gut! Man glaubt es nicht, dass dieser Mann einer von Prof. Dr. Detlevsens so genannten Zöglingen war. Prof. Dr. Steffen Birk war sehr stolz auf sich, denn mit seinen Ehrgeiz und seiner Liebe zur Forschung hat der 36 Jährige zu einer Professur gebracht und somit Prof. Dr. Steinkamp, der mit 38 Jahren Professor wurde, überholt. Nur dass Prof. Dr. Steinkamp mit Hilfe Dritter unfreiwillig und schneller aus dem Leben „verschwinden" soll, dass brauchte der etwas jüngere, ehrgeizige Kollege nicht …

Prof. Dr. Thorsten Seemann lehrte in der Zeit sein Postfach, als ein merkwürdiger Briefumschlag rausfiel. Prof. Seemann hält im Fachbereich Betriebswirtschaft/Wirtschaftsinformatik Vorlesungen in den Fächern Controlling, Finanzbuchhaltung/Jahresabschluss ab. Obwohl er sehr viel Ähnlichkeit mit einem französischen Pianisten hat, hat Prof. Seemann mit Noten nur so viel im Sinn, dass er diese zum einem als schwarze Punkte mit Stangen und Fähnchen hält und zum anderen, dass er zweimal im Jahr „Schicksal spielen" muss: Die Bewertung der studentischen Arbeiten in den Monaten Januar und Juli. Prof. Seemann öffnete diesen merkwürdigen Brief und las ihn. „Wenn Sie meinen, mit meiner Klausur die Schicksalsmelodie zur Exmatrikulation spielen zu müssen, dann wird die Schicksalsmelodie am ihrem Grab gespielt – von mir mit dem Schifferklavier. Prof. TOD! P. S.: Ihr ‚Wirtschaft und Recht-Kollege' hat dies-

bezüglich bereits ‚erste Erfahrungen' gemacht … Aber
er war nicht der einzige Prof. in Controlling … ☺"
„Spinner", sagte Prof. Dr. Seemann eher unvornehm und
schmiss diesen Zettel mit der „unschönen Ansammlung
von Buchstaben" in den nächsten Mülleimer …

Prof. Tchanner schmiss die Tagespost auf seinem
Schreibtisch. Kurz darauf klingelt das Telefon. Gut an-
derthalb Stunden hatte Martin Tchanner das Gefühl, dass
der Telefonhörer am seinen Ohr angewachsen ist. Er
beantwortet jedoch geduldig die Fragen, die vom ande-
ren Ende der Leitung gestellt wurden. Endlich kam auch
Prof. Tchanner dazu, die Post zu bearbeiten. Neben eines
Briefes des Präsidenten, war noch die Mitteilung von
Frau Waldmann, dass für die Kränze für die verstorbenen
Kollegen – Prof. Dr. Knopfler und Prof. Dr. Steinkamp –
in den nächsten Tagen Geld eingesammelt wird, eine
Verschrottungsmeldung und eine Genehmigung für eine
Dienstreise zu einer Schulung für ein computergestütztes
Unternehmensplanspiel. Zum Schluss fand er ein anonymes Schreiben, das an ihn gerichtet wurde. „Bei ihrem
Unternehmensplanspiel geht es um Umsatzzahlen, bei
meinem Planspiel um Morde. VielleICHt leisten Sie
demnächst ihren Kollegen Steinkamp und Knopfler Gesellschaft. Für das Controlling kann immer noch Prof.
Seemann einspringen, wenn er nicht Schicksal für meine
nächste Klausur spielen will ... Prof. TOD." Prof. Tchanner konnte sich nicht über das Schreiben dieses Schmier-
finks amüsieren. Er beschloss, den „netten Brief" zu
behalten und irgendwann diesen Kommissar zu übergeben, der die Ermittlungen an dieser Hochschule durch-

führt ... Sein mit Liebe gemachtes Sandwich mit Käse, Gurken und Rucola schmeckte Prof. Tchanner nicht mehr ...

Vor dem Haus 16 schaute Dr. Sören Trepsdorf seine Post durch. Dort war auch ein anonymes Schreiben. „Sie sind kein Professor und Sie werden es auch nicht ... Prof. TOD", las Dr. Trepsdorf und nahm sein Feuerzeug, um diesen ‚anonymen Plünkram[12]‘, so nannte er den Brief, zu verbrennen. Das dieser Brief ein Beweisstück sein könnte, hatte Dr. Trepsdorf als leidenschaftlicher Krimileser nicht bedacht. Für ihn war dieser Prof. Tod nur ein Schmierfink, der ihm „seine kostbare Zeit verschwenden will". Zu dem Zeitpunkt wußte Dr. Trepsdorf nicht, dass neben Prof. Knopfler noch ein weiterer Professor ums Leben gekommen ist. Aber wieso er bedroht wird, konnte Dr. Trepsdorf beim besten Willen sich nicht erklären...

Am Abend kam Frank nach Hause. Seine Schwiegermutter hatte bereits das Brot und sein Bier hingestellt. „Was ist mit Dir los, Frank?" „Stell Dir vor, Du hast erst eine Sache zu erledigen und fährst wegen dieser Sache zu dem Ort. Plötzlich kommt an den selbem Ort eine zweite Sache und lässt die erste Sache ein wenig nach hinten verschieben. Mein Mitarbeiter und ich wollten wegen dem toten Professor von letzter Woche die Kollegen be-

---

[12] Plünkram steht für verschiedene (nutzlose) Gegenstände. Quelle: http://www.mundmische.de/bedeutung/14936-Pluenkram, zuletzt zugegriffen am 18. Juni 2016

fragen und an den selbem Ort wird ein weiterer Professor aus einem anderen Fachbereich ermordet. Hingerichtet wäre das bessere Wort", so Frank und berichtet seiner Schwiegermutter von den vorangegangenen Arbeitstag. „Wo sind die Kinder?" „Clarissa ist mit ihren Freunden unterwegs und Stefanie ist bei den Meyers." „Gibt es in der Nähe keine anderen Kinder? Ich will nicht, dass sie bei Meyers ist. Sie kommt dann mit Schimpfwörtern an, die ich sonst im Dienst höre, das muss ich auch nicht zu Hause haben." Gerade kommt Stefanie nach Hause. „Hallo Papa!" „Hallo Steffi." „Steffi-Kind, hast Du was gegessen?" „Nein, Oma Charly." „Setz' dich doch zu deinen Papa, der freut sich über deine Gesellschaft." Steffi tat, was die Oma ihr sagte. „Papa, was ist eine alte Schlampe?" Frank verschluckte sich fast an seinem Käsebrot. „Wer hat denn das gesagt?" „Na, der Onkel Meyer hat das zur Tante Meyer gesagt, weil sie ihm kein Geld für Zigaretten und Alkohol gab und Chantal sagt, das ist normal." Frank erklärte seiner Jüngsten altersgerecht, was es mit dem Begriff auf sich hat. Da erinnerte er sich an heute morgen, wo er mit seiner Schwiegermutter über das Thema Schimpfwörter sprechen wollte. Gegen halb acht kam auch Clarissa nach Hause, die aber gleich wortlos in ihr Zimmer verschwand. „Deinen Vater kannst Du auch kurz ‚guten Abend' sagen", so Frank. „Guten Abend und tschüss, Papa. Ich geh' schlafen." Kurz darauf kam auch Ulrike nach Hause. „Schatz, Du bist ja schon da?" „Wo sollte ich sonst sein?" „In deinem Kommissariat. Hat sich was mit dem toten Professor ergeben?" „Es sind inzwischen zwei tote Professoren, allerdings ist letzte Tote im einen anderen Fachbereich gewesen." Frank erzählte dieses seiner Frau, was er bereits seiner Schwiegermutter erzählt hatte. „Schatz, ich bin richtig müde. Die neue Verwaltungschefin ist ja noch ein übler Drachen als die Vorgängerin. Die will sogar meinen Posten einsparen. Dabei sind wir doch alle deswegen hergekommen. Wo sind denn unsere Kinder?" „Tochter Eins hat sich in ihr Zimmer verzogen und Tochter Zwei lernt Kraftausdrücke, die ich jetzt nicht nennen will", begann Frank, um mit seiner Frau das Thema anzuschneiden, was ihm seit einiger Zeit bedrückte: Das Einparken der jüngsten Tochter bei der Familie mit den Kraftausdrücken, die Frank jeden Tag im Dienst hören „darf". Er erklärte es seiner Frau genau. Beide beschließen, nochmals mit Ulrikes Mutter zu reden, denn die Besuche bei Meyers und die damit verbundenen Kraftausdrücke von Steffi sollten ein Ende haben. Am nächsten Tag redeten sie mit Ulrikes Mutter. „Wo soll ich die Kleine hinbringen? Steffi-Kind wird doch im September zur Schule und da lohnt sich doch keine Kita. Ich kann mich doch nicht den ganzen Tag mit der Kleinen beschäftigen." „Aber Du kannst auch nicht die Kleine den ganzen Tag bei Meyers parken. Gerade Du, die gesagt hat, dass ich nicht gut für eure Tochter sei, lässt deine Enkeltochter zu einer Familie, wo Kraftausdrücke und Schimpfwörter an der Tagesordnung sind." In Franks Ton mischte sich eine Verärgerung, denn für seine Schwiegereltern war er als Ehemann für ihre einzige Tochter nicht gut genug, obwohl er eine akademische Ausbildung vorweisen konnte. „Du hast ja Recht, Frank. Aber was soll ich machen?" „Gibt es bei Euch keine Betriebskindergärten?" „Bei mir schon und ich bin meistens tagsüber in der Klinik", so Ulrike. „Dann sollte Steffi zu Euch gehen und wenn sie Sehnsucht nach der Mutter hat, kommt sie zu dir." „Ich werde Steffi morgen mitnehmen und mit der Erzieherin reden. Hoffentlich macht unsere jetzige Verwaltungschefin deswegen keine Schwierigkeiten, die letzte habt ihr eingebuchtet." Ulrike gab ihren Mann ein Kuss. „Jedenfalls wird die Anzahl der Kraftausdrücke in Zukunft deutlich geringer."

Frank war auch im diesen Abend müde, seine Frau und er waren im Wohnzimmer, während die Schwiegermutter sich in ihr Reich verzogen hat. Es klingelte das Telefon. „Ich habe heute Bereitschaft, Ulrike, ich gehe schon ran", hielt Frank seine Frau ab, das Telefongespräch anzunehmen. Er ging zum Telefon und meldete sich. „Guten Tag, Herr Rogalla, mein Name ist Schneider und ich bin die Klassenleiterin ihrer Tochter Clarissa." „Um was geht es genau?" „Zum einem erscheint Clarissa nur dann zum Unterricht, wenn sie es für nötig hält und wenn sie mal da ist, beleidigt sie ihre Mitschüler. Ihre Abwesenheit wird allerdings auch von Ihnen persönlich entschuldigt." „Wie entschuldigt?" „Sie haben Entschuldigungsschreiben geschrieben, dass ihre Schwiegermutter schwerkrank sei und Clarissa auf ihre Schwester aufpassen muss. Ich kann Ihnen gerne die Entschuldigungsschreiben zeigen." „Meine Schwiegermutter erfreut sich bester Gesundheit, also sie ist alles andere als sterbenskrank. Gut, meine Frau und ich werden morgen zu Ihnen vorbei kommen. Wir beide müssen gegen Mittag bei unserer Arbeit sein. Passt es Ihnen um 11 Uhr?" Frau Schneider bestätigt am anderen Ende den Termin. Nach dem Gespräch erzählte Frank seiner Frau das Gespräch mit Clarissas Klassenlehrerin.

Der Alltag kehrte wieder in der Technischen Hochschule Wildau ein. Eine Seminargruppe angehender Wirtschaftsinformatiker sitzt immer links an den Steckdosen, da sie ihre Laptops mit Strom versorgt wissen wollten. Prof. Dr. Detlevsen hält wieder seine Übungen in „Personal und Organisation" ab. Dass sich manch ein Kollege über die ‚Generation Google' aufregt, kann Prof. Dr. Detlevsen bei dieser Vorlesungen nur bestätigen. Zum anderen zerren noch die beiden ermordeten Kollegen an seinen Nerven, obwohl Prof. Dr. Detlevsen es nicht gerne zugeben will. Das operative Geschäft muss weitergehen … Die zwei toten Professoren sind neben den Kollegen auch bei den Studenten das erste Gesprächsthema … Prof. Dr. Detlevsen betrat für seine Verhältnisse sehr schlecht gelaunt den Seminarraum, hinter ihm folgten noch drei Studenten. „Wir fangen ‚sine tempore' und nicht ‚cum tempore' an!" sagte Prof. Detlevsen scharf zu den Studenten. „Das muss ausgerechnet er sagen, wo er immer zwei Minuten zu spät kommt", so Jan Schlüter zu seinen Nachbarn. „Laut meinen Plan sind jetzt die Übungen dran. Welche Führungsstile kennen Sie?" Die Seminargruppe versteckte sich immer noch hinter ihren Laptops. „Hallo! Falls Sie es noch nicht mitbekommen haben, da vorne steht jemand aus Fleisch und Blut, der ihre Aufmerksamkeit haben will!" „Wir laden gerade ihre Folien runter", meint ein Student aus der letzten Reihe. „Sie haben jetzt bei mir eine Übung in ‚Personal und Organisation' und hatten zwischen der Vorlesung

45

und der Übung heute genug Zeit gehabt, die Folien von ‚Detlevsen Gründungsnetzwerk' runter zuladen!! Das muss nun wirklich nicht sein, wenn ich mit Ihnen die Übung abhalten will!! Die Folien vor den Vorlesungen und Übungen runterzuladen ist auch eine Organisation, welche?" Die Studenten sahen ihren Prof. Dr. fragend an. „Leute, Sie sind bei ‚Personal und Organisation' mit Prof. Dr. Carsten Detlevsen und nicht bei der Schluss-runde bei ‚Hart aber Fair' mit Frank Plasberg!" polterte Prof. Detlevsen los, „bei meinen Vorlesungen ist Phanta-sie gefragt, soweit ich den Raum betreten und Sie be-grüßt habe und nicht zum Schluss der Vorlesung! Gehen Sie zum nächsten Schreibwarenhandel und kaufen Sie sich einen Terminkalender! Die Dinger werden zurzeit für einen Euro hinter Ihnen her geschmissen! Also um welche Art von Organisation handelt es sich?!" fragte Prof. Detlevsen die Studierenden, während er auf einem freien Stuhl saß und sich mit seiner rechten Hand am Kinn kraulte. ‚Wenn Sonja mich jetzt sähe, wäre sie stolz auf mich', dachte Prof. Detlevsen bitter. „Ist das klausur-relevant, Herr Detlevsen?" fragte eine Studentin. „Nein, das ist für Ihr ganzes Berufsleben relevant, worauf ich Sie jetzt gerade vorbereite! Wenn Sie Tintentrinker wer-den möchten, gebe ich Ihnen den Tipp, exmatrikulieren Sie sich und schreiben Sie sich für ‚Verwaltung und Recht' ein! Irgendwann sind Sie mit 27 Jahren Beamter! Also, zum letzten Mal, um welche Art von Organisation handelt es sich?" „Keine Ahnung", sagte ein Student aus der Mitte. „Und davon reichlich! So, dann werde ich Sie Ihnen mal auf die Sprünge bringen: Zeitmanagement!" „Was ist das denn? Kann man das essen?" fragte ein

Student, der kein Gespür für diese Situation hatte. „Nein! Kann man nicht, aber sich antrainieren! Die Übung ist beendet! Laden Sie die Folien bitte noch vor der nächsten Vorlesung runter! Dass ich mich zum nächsten Mal in einen Laptop verwandle, dafür kann ich nicht garantieren!" sagte Prof. Dr. Detlevsen, der nebenbei seine Sachen vom Dozententisch nahm, und raus ging … Die Studierenden sahen erstaunt dem Professor, der den Raum verließ, nach …

Prof. Dr. Paul machte sein Postschließfach auf. Neben den zwei Belegarbeiten bekam er noch einen Brief, auf dem kein Absender ist. „Gute Laune hatten sie beide, doch dann waren sie tot, mausetot. ICH hoffe, Sie haben nicht so gute Laune, denn dann sind Sie dran: mit der nächsten Bleivergiftung. VernICHten Sie dieses Schreiben. Und: Kein Wort an die Bullerei, sonst ist es mit dem schönen Professorenleben vorbei. Prof. TOD", stand in diesen Schreiben. Im Briefumschlag war noch eine Patrone aus einer Pistole aufgetaucht. Unter diesem Schreiben stand noch ein P. S. „Diese Patrone ist für Ihr Ableben reserviert. Heben Sie diese gut auf … ☺" Kurz darauf betrat auch Dr. Trepsdorf den Nebeneingang und begrüßte den etwas abwesenden Prof. Dr. Paul. Er zeigte Dr. Trepsdorf den Umschlag mit der Patrone, was Dr. Trepsdorf zu einem Schlucken veranlasste. Obwohl Dr. Trepsdorf ein Hüne von ca. zwei Metern war, bekam auch er langsam, aber sicher mit der Angst zu tun. Dieses wollte er aber nicht den Kollegen zeigen. Zwei dieser Briefe konnte auch er inzwischen sein

Eigen nennen. Den einen Brief hat er mit dem Feuerzeug vernichtet, ein weiterer Brief landete in dem nächsten Papierkorb … „Ich bekomme diese Briefe auch, obwohl ich kein Professor bin. Den nächsten, den ich bekomme, werde ich diesen Kommissar übergeben und das empfehle ich Ihnen auch, Herr Paul", erklärte Dr. Trepsdorf mit fester Stimme. So fest auch die Stimme von Dr. Trepsdorf war, so gesellte sich neben der Verärgerung über diesem Schreiberling auch die Angst in seinen Ton.

Wieder war eine Lagebesprechung im Kommissariat. Frank berichtete den Staatsanwalt über die Ereignisse des letzten Tages und auch über den neuen Mordfall. „Zuletzt war dieser Prof. Dr. Paul bei den beiden Toten gewesen. Mit dem einen Toten hatte Prof. Dr. Paul als Vizepräsident eine Auseinandersetzung bezüglich der Ausrichtung des Fachbereiches. Mit dem anderen Opfer war Prof. Dr. Paul befreundet und die beiden Herren trafen sich einmal in der Woche in der Mensa. Bei dem Fachbereich, wo der erste Tote war, wird demnächst der neue Dekan gewählt. Der erste Tote sah den Mörder in die Augen, der zweite Tote wurde von hinten erschossen – besser gesagt: hingerichtet. Die Morde haben nach meiner Meinung nichts mit einander zu tun." „Gut, Herr Rogalla. Da Herr Lehmann wieder im Dienst ist, sollten Sie eher Herrn Lehmann mitnehmen." „Ich würde vorschlagen, dass wir Herrn Lehmann für die Ermittlungen im privaten Bereich beider Professoren einbeziehen. Wenn wir dort jemanden einschleusen sollten, so sollte Herr Lehmann eher für die Leute unbekannt sein." „Gut, Herr Rogalla, so machen wir das." „Zumindest wäre es gut, sich in den Büros der beiden Toten umzuschauen. Vielleicht finden wir hier oder da einen Hinweis."

Frau Waldmann fand ein Brief, der an Frau Prof. Dr. Jessen persönlich adressiert war. Sie übergab diesen an ihre Vorgesetzte. Katja Jessen wurde blass, als sie den Brief las. Kurz darauf lief sie im ihrem Büro, wo die Tür offen war, auf und ab. Prof. Dr. Detlevsen, der im Sekretariat war, sah dieses. „Was ist mit dir los, Katja?" Frau Prof. Dr. Jessen zeigte das anonyme Schreiben ihren Kollegen. „Warst Du das?" „Nanu? Hast Du auf einmal Angst? Also da gibt es weitaus bessere Möglichkeiten, dich aus der Reserve zu locken als mit diesem Dreck. Langsam solltest Du mich kennen und solltest Du schon mal wissen, dass Du verloren hast. Noch etwas, meine Stimme kann entscheidend sein, ob Du dieses Büro weiter innehast – oder dein Nachfolger." „Ich weiß, wann ich verloren habe, aber weißt Du es, Carsten? Seit Gunnar tot ist, hast Du nur noch Herrn Seemann als Vertrauten, sonst bist Du ganz schön allein auf weiter Flur", sagte Katja Jessen zu ihrem Kollegen und lächelte ihn vielsagend an. Mit einem „schönen Tag noch" verlies Prof. Detlevsen beleidigt den Raum…

Prof. Dr. Gruchmann von den Wirtschaftsinformatikern lehrte wieder sein Postfach in Haus 13. Neben den Belegarbeiten, Werbung, zurück gegebenen Dienstreiseanträgen und weiteren Briefen fand er noch ein Schreiben, dass an ihn persönlich adressiert war, aber auf dem kein Absender drauf stand. Allerdings wurde dieser sofort von hinten erschossen. In der Nähe waren die beiden neuen

49

Professoren, die sich die „Hinrichtung" ihres Kollegen ansehen mussten, ohne helfen zu können …

Frank sah sich am Tatort um. Um das Opfer waren die Schreiben verstreut, die das Opfer kurz vor dem Mord aus dem Fach geholt hat. Frank ordnete an, die Schreiben einzupacken. „Das ist doch bald ein Fluch. Immer wenn wir hier weiter ermitteln wollen, stirbt wieder ein Professor. Wer ist denn der Knabe überhaupt?" „Prof. Dr. Günther Gruchmann. Er hielt Vorlesungen in Statisches InternetWorking und in Geschäftsprozesse ab", so einer der uniformierten Polizisten, die vor Frank und Harry am Tatort waren, „einer der Studenten hatte ihn in diesen Modulen gehabt. Der hat es mir erzählt." „Hört sich sehr schwer nach Wirtschaftsinformatik an. Harry, Sie dürfen wieder Frau Waldmann vom Fachbereichssekretariat trösten, aber stellen Sie der Dame einige zielgerichtete Fragen." Frank informierte den Staatsanwalt über den weiteren Toten, der in der Technischen Hochschule Wildau umgekommen ist. „Also erst einmal brauchen wir kein Durchsuchungsbeschluss für die Büros der letzten beiden Toten. Ich habe bei dem jetzigen Toten einiges an Schreiben aufgesammelt, das werde ich mitnehmen. Vielleicht finde ich da einen Hinweis."

Nach einer Stunde waren auch die beiden Polizisten fertig. Selbst die Zeugen, die in der Nähe waren, wurden befragt. Prof. Dr. Steffen Birk wurde eher übel und rannte heraus, während Babette Katzenberger weit aus tapferer als ihr Kollege war. „Harry befragen Sie bitte die Dame, ich kümmere mich um dem Herren, der mit dem grünen Gesicht heraus gerannt ist. Wer ist das über- haupt?" sprach Frank die junge Professorin an. „Prof. Dr. Steffen Birk, er gibt Vorlesungen in Human Resources und in Change Management." Frank war auch bei dem Professor, der auf den Treppen vor dem Haupteingang des Verwaltungsgebäudes saß. „Geht es Ihnen etwas besser?" „Es geht, es war nur der Schock, hilflos dazu- stehen und nichts ausrichten zu können. Ich kann kein Blut sehen." „Können Sie mir einige Fragen beantwor- ten, Herr Prof. Dr. Birk?" „Birk, reicht auch, stellen Sie ihre Fragen, Sie müssen nun mal auch Ihre Pflicht tun." „Kannten Sie den Kollegen?" „Nein, wie Frau Prof. Dr. Katzenberger hatte ich erst zum diesem Semester den Ruf erhalten. Ich kannte nicht einmal den neuen Kandi- daten für den Dekan-Posten, ich wusste nur, dass Frau Jessen die Dekanin des Fachbereichs Betriebswirt- schaft/Wirtschaftsinformatik ist, mehr nicht. Wer welche Intrigen spinnt, kann ich leider nicht sagen, dazu bin ich zu frisch hier." Frank befragte auch Frau Prof. Dr. Kat- zenberger, die ihn zur Begrüßung sehr fest in der Hand hatte. Er kannte durch seinen Beruf viele harte Männer, die einen Händedruck hatten, wo Frank vor Schmerz die Zähne zusammen beißen muss. Aber die junge Professo- rin übertraf sogar Franks ‚böse Jungs'. Die Professorin, die noch an den Postfächern stand, machte die gleichen Aussagen wie ihr vier Jahre älterer Kollege Birk.

Anders als Prof. Seemann wollte Dr. Trepsdorf das nächste anonyme Schreiben eher dem Kommissar geben, der auf dem Campus ermittelt. Dr. Treps- dorf war auf dem Weg zu der Ersten der drei Prüfungen, die er am dem Nachmittag abnehmen musste. Die erste Prüfung war ein Kandidat aus dem Masterstudium, die Dr. Trepsdorf mit Prof. Dr. Tchanner abnahm. Anschließend wurden zwei Kandidaten aus dem berufsbegleitenden Studium des Bachelorstudiengang Betriebswirtschaft geprüft. Diese Prüfungen wurden von Prof. Detlevsen und Dr. Trepsdorf durchgeführt. Nach der letzten Bachelorprüfung standen die beiden Herren vor Haus 13. Wieder rauchte Dr. Trepsdorf eine Zigarillo. „Nächstes Mal trinke ich vorher noch Kaffee – schwarz und warm. Also trotz des traurigen Anlasses war bei dem Trauergottesdienst vom Kollegen Knopfler mehr Entertainment als bei den Prüfungen in den letzten drei Stunden", sagte Dr. Trepsdorf zu Prof. Detlevsen und fuhr fort: „Damit meine Trauerfeier nicht die nächste Trauerfeier wird, könnten Sie mir bitte die Kontaktdaten von den Kommissar geben?" fragte Dr. Trepsdorf, bevor er den nächsten Zug an seiner Zigarillo nahm. „Ich weiß, dass ich mit meiner Raucherei den todbringenden Krankheiten näher bin als mir lieb ist, aber in erster Linie soll der da oben bestimmen, wann es mit mir vorbei ist und nicht so ein komischer Prof. Tod. Helmut Schmidt war Kettenraucher und starb im hohen Alter, das gibt mir Hoffnung", sinnierte Dr. Trepsdorf weiter. Prof. Detlevsen hörte den jüngeren Kollegen zu, jedoch entgleisten seine Gesichtszüge. „Sie bekommen auch diesen Dreck, Herr Trepsdorf?" Prof. Dr. Detlevsen war entsetzt. „Sie sind doch -?" „Sprechen Sie es ruhig aus, dass ich kein Professor bin, dennoch bekomme ich diese schönen Schreiben, die mir allerdings alles andere als Freude bereiten." „Gut, wenn ich in meinem Büro bin, erhalten Sie eine E-Mail mit den Kontaktdaten von dem Kommissar", sagte Prof. Detlevsen zu Dr. Trepsdorf, bevor sich die beiden Herren verabschieden. Dr. Trepsdorf war froh, dass Prof. Detlevsen seine Ängste ernst nahm. Bevor Dr. Trepsdorf die Patrone bei Prof. Paul gesehen hatte, hatte er die bisherigen Briefe alles andere als ernst genommen und in irgendeiner Weise vernichtet!

Frank machte wieder einen Lagebericht. Selbst Robert Lehmann konnte erzählen, dass der erste Tote auch in seinem Unternehmen die Standard-Chef-Marotten auslebte, privates hat er von den ersten Toten nicht erfahren. „Haben Sie inzwischen etwas von dem zweiten Toten, den Herrn Prof. Dr. Steinkamp, erfahren?" Auch da konnte Robert einiges erzählen. „Beruflich habe ich seine früheren Arbeitsstätten ausfindig gemacht. Die konnten auch alle nur Gutes berichten." „Woher wussten Sie von seinen Arbeitsstätten?" „Das Internet macht so was möglich. Ich habe mir die Seite von dieser Technischen Hochschule Wildau angesehen, beide Professoren hatten bei dieser Mitarbeiterinfo einen Link zu ihrer Internetseite." „Ich möchte nicht wissen, wie ich vor 15 Jahren gearbeitet habe, als ich mehr oder weniger angefangen habe. Gut, der nächste Tote wartet auf Sie, Herr Lehmann. es handelt sich hier um einen Informatiker."

Es war einige Zeit ins Land gegangen. Anlass genug für Prof. Tchanner und Prof. Schmidt, die Mittagspause in der Mensa zu verbringen. Die Stimmung der beiden Herren war bedrückt, da es inzwischen ein drittes Mordopfer – ein weiterer Professor der Wirtschaftsinformatik – gab. ‚Wen könnte es als nächstes treffen?' Selbst Prof. Tchanner, der gerne Prognosen berechnet, wagte keine Prognose hinsichtlich des nächsten Opfers zu erstellen …

Es war inzwischen Freitag am frühen Abend. Frank nahm die Gelegenheit wahr, den Verwaltungskram zu erledigen, den er als Leiter dieser Kommission erfüllen muss. Als er damit fertig war, sah er sich die Tüte an, wo die Schreiben des letzten Toten drin waren. Kurz darauf klingelte sein Handy. Seine Frau war da und wollte ihn abholen, nicht ohne vorher etwas zu essen. „Bring' mir bitte etwas ungesundes wie Currywurst mit Pommes und Majo mit", so Frank, „ich muss mir noch eine Tüte ansehen. Wir haben wieder einen Toten. Wann bist Du denn da?" „In einer guten halben Stunde spätestens." Frank musste die Handschuhe wieder ausziehen, da er damit sein Handy angefasst hat. Kurz darauf suchte er das Besteck zusammen, damit seine Frau und er in seinem Büro essen konnten. Frau Schmidt, die Sekretärin, hatte alles abgewaschen und in den Schränken eingeräumt. Frank wollte sich ein neues Paar Handschuhe herausziehen, als das Telefon klingelt. „Guten Abend Herr Rogalla, da ist eine Frau Dr. Rogalla mit Imbissessen und wollte zu Ihnen." „Die Dame lassen Sie bitte rein, außer ich soll verhungern. Wenn ich Hunger habe, habe ich schlechte Laune und die lasse an Ihnen aus. Wollen Sie das?" „Nein, ich schicke ihre Frau hoch, Herr Rogalla." Fünf Minuten später war Ulrike in Franks Büro. Sie sah sich um. „Stelle bitte das Essen auf dem Tisch, wir packen es gleich aus. Ich wollte mir vorhin die Tüte mit den Schriftstücken ansehen, aber Du wolltest mich unbedingt sehen." „Ich möchte mal deinen neuen Wirkungskreis sehen, Du hast meinen neuen Wirkungskreis schon gesehen." „Das war bei mir rein dienstlicher Natur. Erst einmal essen wir etwas, ich habe Hunger." Frank und Ulrike genossen die Zweisamkeit im Büro. In Hessen hatten weder Frank noch Ulrike Anwandlungen gehabt, in Franks Büro zu essen. Dennoch mussten die derzeitigen Probleme auf dem Tisch. „Ich schlage vor, wir reden mit Clarissa. Wobei die gefälschten Entschuldigungsschreiben und die Beleidigungen gegenüber ihren Mitschülern sollten doch nach meiner Meinung geahndet werden." „Da hast Du wieder Recht, Frank." „Wie sieht es morgen bei Dir mit dem Dienstplan aus?" „Morgen habe ich Bereitschaft. Ich bin morgen zwar Zuhause, muss dann aber zum Dienst, wenn ich gebraucht werde." „Gut, ich habe morgen mal frei. Dann können wir uns mit unseren beiden Töchtern unterhalten. Es geht nicht, dass Stefanie Kraftausdrücke lernt. Wir sind keine bildungsferne Familie, wie es im neuhochdeutsch heißt." „Das mit Steffis Kindergartenplatz[13] geht klar, da kann sie auch hin, wenn sie zur Schule geht. In der Nähe ist eine Grundschule, da kann man sie einschulen und der Weg ist nicht soweit. Ich fand es insofern nicht schlecht, dass meine Mutter die Kurze bei den Meyers geparkt hat, damit sie auch sieht, dass es anders zugehen kann." „Aber bitte nicht auf Dauer, zu Hause möchte ich mich von meiner Arbeit

---

[13] „Westdeutscher" Ausdruck für die Kindertagesstätte (Kita)

erholen, damit meine ich auch, dass ich mir die
Schimpfwörter nicht anhören muss. Deine Kunden
schlafen zum größten Teil, wenn Du sie ins Schlummer-
land gebracht hast." Beide unterhielten sich während
beim Essen auch über Clarissas Klassenlehrerin, mit der
das Ehepaar ein Gespräch hatte. „Erst einmal muss ich
mich um die Tüte kümmern. Wir hatten wieder einen
Toten in der Hochschule. Immer wenn wir in diesen Fall
bei den vorherigen Toten ermitteln wollen, hindert uns
ein neuer Toter. Der dritte Tote innerhalb von drei Wochen. Das sind alles Professoren. Und da wir nun von der
Zahl gesprochen haben: dritter Anlauf, um mir die Handschuhe anzuziehen." Frank nahm die gesammelten Utensilien heraus. Er sah jedes Blatt vorne und hinten an.
Ulrike machte nebenher den Tisch sauber und spülte das
dreckige Geschirr ab. Danach gesellte sie sich zu ihrem
Mann. Bei einem Beschaffungsantrag, den Frank sich
ansah, sah seine Frau einen Briefumschlag ohne Absender, aber mit einem komischen Hügel. Ulrike machte
ihren Mann aufmerksam. Frank nahm sich diesen Brief
und öffnete ihn mit einem Brieföffner. Dort sah er eine
Kugel und auch ein Schreiben mit dem Inhalt „Du bist
der tote Informatikprofessor 2.0, wann Du es wirst, dass
weiß ICH nICHt. ICH weiß', Du hast dICH nicht im
FachbereICH als Dekan aufstellen lassen, dennoch bist
Du für mICH interessant, weil Du ein Aufrücker bist.
Prof. TOD." Dieses las Frank auch seiner Frau vor.
„Wenn euer neuer Toter der tote Informatikprofessor 2.0
ist, dann muss es einen toten Informatikprofessor 1.0
geben." „Das ist dieser Prof. Dr. Knopfler." „Aber was
ist mit dem Professor, der vor den Augen der Studenten

hingerichtet wurde?" „Das ist ein anderer Fall, Ulrike."
Frank packte nebenher den Brief für die KTU[14] ein.
„Erst einmal ist Wochenende und da wird dieser Prof.
Tod auch nicht aktiv, was ihre oder seine Profession betrifft. Er oder sie wird mein Wochenende somit nicht
verderben", kommentierte Frank und fuhr den Computer
runter.

Das Wochenende hatte Frank frei, bei besonderen Vor-
kommnissen wird er angerufen. Da am Sonntag die
Landtagswahlen in Brandenburg waren, wurde auch die
Technische Hochschule als Wahllokal genommen. Frank
und Ulrike, die schon mehr als drei Monate in Frankfurt
leben, konnten auch wählen, was beide wahrnahmen.
„Dann müssen wir noch Stimmzettel mitnehmen, damit
Clarissa bei ihrem Gemeinschaftskundelehrer glänzen
kann." Als beide wählen wollten, klingelte bei Frank das
Handy. „Rogalla", meldete Frank sich. „Wehmeyer, wo
sind Sie denn, Herr Rogalla?" „In der Wahlkabine und
wähle Brandenburgs und Deutschlands neue Vertretung."
„Machen Sie bitte ihre Wahlkreuze schneller, wir haben
wieder einen toten Professor in der Technischen Hochschule Wildau." Frank nannte noch sein Wahllokal, damit Harry Wehmeyer ihn abholen konnte. Er wartet noch
auf seine Frau, die sich hinter der Wahlkabine befand.
„Frank, ich weiß' Bescheid, ich fahre allein nach Hause.
Gibst Du mir die Autoschlüssel?" Beide küssten sich
zum Abschied. Harry war schon da. Frank stieg in das
Auto. „Guten Tag, Harry. Wissen Sie schon etwas über

---

[14] KTU = Kriminaltechnische Untersuchung

den Toten?" „Nein, ich weiß' nur dass es wieder in dieser Hochschule sein soll." „Dann mal zu, Harry, geben Sie Gas." In Wildau angekommen führte jemand vom Securitydienst Frank und Harry hin. Der Tote wurde in der Toilette in Haus 100 im Erdgeschoss von einem Wähler gefunden. „Sie wissen nicht, wer das ist?" fragte Frank den Wachmann. Der Befragte schüttelte den Kopf. Die Spurensicherung und der Fotograf waren auch schon da. Frank gab dem Fotografen eine Anweisung, den Toten zu fotografieren. „Dann kann Herr Lehmann in der nächsten Vergangenheit rumstochern. Vier Tote in drei Wochen. Wenn es noch so weiter geht, hat die Technische Hochschule Wildau bald keine Professoren mehr." „Dann kommen neue Professoren ran." „Um die auch noch zu ermorden. Dann können wir gleich eine Sonderkommission einrichten und jahrelang rumsuchen. Es sind schon zwei Professoren berufen worden, wobei der eine schon Angst um sein Leben hat. Der ist kurz davor, die Professur hinzuschmeißen und eine Postdoc-Stelle[15] in Norddeutschland anzunehmen. Ich hoffe, es hat bald mal ein Ende, damit der junge Professor weiterhin Professor bleiben kann. Ich denke auch, dass sind zwei Fälle. Ich weiß' nicht was mit den Kollegen ist, aber der Mordfall Steinkamp hat mit den Mordfällen Knopfler und Gruchmann nichts zu tun. Zum anderen wird morgen im Fachbereich Betriebswirtschaft/Wirtschaftsinformatik vom neuen Fachbereichsrat der neue Dekan und Prodekan

---

[15] Der Post-Doc ist die Habilitation, die als höchstrangige Hochschulprüfung durchgeführt wird, um die die Lehrbefähigung in einem wissenschaftlichen Fach festzustellen. Aus: https://de.wikipedia.org/wiki/Habilitation, zuletzt zugegriffen am 26. März 2016

gewählt. Wenn wir in Frankfurt sind, suchen wir die ganzen Ordnungen zu diesem Fachbereich heraus. Da steht auch etwas zur Dekanwahl. Notfalls muss auch das Hochschulgesetz von Brandenburg herangezogen werden." Harry guckte seinen Vorgesetzten irritiert an. „Es gibt deutschlandweit ein Hochschulrahmengesetz, das ein Gerüst für die Länder vorgibt, wie sie ihre Hochschulgesetze gestalten sollen. In den einzelnen Hochschulgesetzen stehen auch die Wahl eines Dekans und dessen Aufgaben drin. Die Hochschulgesetze geben den Rahmen vor, wie die einzelnen Hochschulen ihre Ordnungen zu erstellen haben. Das wird heute unsere Lektüre. Wenn wir nur wüssten, wer der heutige Tote ist. Dann wären wir einen Schritt weiter. In den Aushängen muss etwas zu den Zusammensetzungen über die einzelnen Fachbereichsräten stehen, Schreiben Sie diese bitte ab oder schauen Sie im Internet nach. Die Aushänge könnten aktueller sein, also bitte abschreiben."

Drei Stunden später waren Frank und Harry im Büro, Robert Lehmann und Frau Schmidt waren auch da. Frank erklärte die Situation. „Harry und ich werden jede Ordnung und jedes Gesetz auseinander nehmen, was die Wahl zum Dekan betrifft. Ich hoffe, der Fotograf hat mir das Bild vom neuen Toten rüber gesandt." Frank rief seine Emails ab. „Der Mann ist gut. Frau Schmidt, schlagen Sie die Internetseite der Hochschule auf und suchen Sie nach den Mitarbeitern. Sicherlich gibt es dort Mitarbeiterhomepages, wo einer vor lauter Eitelkeit sein Bild mit veröffentlicht hat. Harry, Sie haben die Leute aufgeschrieben, die zum einem im diesem Fachbereichsrat sind oder für dieses Gremium in der Warteschleife befinden." Inzwischen wird das Bild von den letzten Toten ausgedruckt, dass Frank Frau Schmidt übergab. Eine Stunde später hatte Frau Schmidt auch den dazu gehörenden Namen. Es handelt sich um einen Prof. Dr. Jobst Schmidt. Dieser war im Fachbereich Betriebswirtschaft/Wirtschaftsinformatik." „Nein, bitte das nicht." „Das ist leider so, Herr Rogalla, ich kann's nicht ändern." „Das weiß' ich doch, Frau Schmidt. Ist der Mann auf Ihrer Liste, Harry?" „Ja, als Mitglied des Fachbereichsrats." „Wer waren noch einmal die Kandidaten für den Dekan?" „Tellingstedt, Knopfler, Jessen und Schmidt." Nach zwei weiteren Stunden hatten Frank und Harry die Gesetze und Ordnungen durchgeackert. „Also die Sitzungen des Fachbereichsrats sind öffentlich. Ich werde mir morgen das Schauspiel ansehen", so Frank.

Der Präsident Prof. Dr. Marek Czechy polterte los. „Wir haben inzwischen vier tote Kollegen, dabei haben wir im diesem Jahr für den Fachbereich Betriebswirtschaft/Wirtschaftsinformatik schon zwei neue Professoren berufen. Die beiden jungen Kollegen müssen ja Angst um ihr Leben haben." „Die beiden jungen Kollegen sind deswegen da, weil Bergmann und Stachowiak emeritiert[16] wurden, die dürfen im Gegensatz zu den vier toten Kollegen ihren Ruhestand genießen. Ich habe schon Herrn Detlevsen Bescheid gesagt, dass neue Ausschreibungen erfolgen sollen. Steinkamp konnte ich es nicht mehr sagen, denn er war der Vorsitzende vom

---

[16] Emeritiert: Bezeichnung für Professoren, die in den Ruhestand sind

Fachbereichsrat für den Fachbereich Wirtschaft, Verwaltung und Recht. Er ist jetzt nun mal tot", so der Kanzler Torben Lerch nüchtern feststellend. „Ich möchte diesen unfähigen Kommissar sprechen, der für die Fälle hier verantwortlich ist, Frau Jahreis, machen Sie mir den Mann ausfindig und wenn Sie ihn haben, dann ein Termin mit ihm. Möglichst schnell. Wir müssen pro toten Professor wieder rund 10.000 € ausgeben. Frau Ahrends wird davon nicht begeistert sein, aber wir können nicht unsere verstorbenen Kollegen ausstopfen und vor die Studenten setzen. Reden können sie nicht mehr. Es tut mir auch Leid, dass die vier Kollegen tot sind, nur ich befürchte, dass es sich herum spricht, dass hier Professoren umgebracht werden und unsere begabten Nachwuchswissenschaftler vor lauter Angst um ihr Leben sich nicht um eine Professur an dieser Hochschule bewerben."

Am nächsten Tag macht Frank es wahr und war Zuschauer bei der ersten konstitutiven Sitzung des Fachbereichsrats. Herr Prof. Dr. Detlevsen eröffnete die Sitzung als Alterspräsident. „Guten Tag, meine Damen und Herren, ich eröffne die erste Sitzung des neuen Fachbereichsrats. Sind denn alle da? Ich vermisse allerdings den Kollegen Schmidt. Hat er eine Nachricht hinterlassen?" „Entschuldigen Sie bitte, dass ich hier so eingreife. Wir haben gestern Nachmittag einen toten Mann im Haus 100 auf der Herrentoilette gefunden. Ist das der Herr, den Sie vermissen, Herr Detlevsen?" Frank hält einen Ausdruck mit dem Foto des letzten Toten hoch. Prof. Dr. Detlevsen nickte geschockt, aber Haltung bewahrend den Kopf. „Das kann nicht wahr sein, drei tote Kollegen, davon wollen zwei Dekan werden", echauffierte sich Katja Jessen, die den Kommissar im Hintergrund vergessen hatte. Auch wenn die Sitzung öffentlich ist, so sollte der Kommissar nach Auffassung von Frau Prof. Jessen auch nicht alles mitbekommen. „Was soll denn der Kommissar hier?" fragte Frau Prof. Jessen in die Runde. „Die Sitzung ist öffentlich und es ist ganz gut, dass Herr Rogalla anwesend ist, denn langsam will auch ich, dass die Mordserie aufgeklärt wird. Zumal es Steinkamp aus dem anderen Fachbereich erwischt hat, er ist auch tot. Es kann schließlich nicht sein, dass unsere Kollegen wie Fliegen sterben", so Prof. Detlevsen in einen ruhigen, aber bestimmten Ton. „Aber Steinkamp hat mit unserem Fachbereich und mit der Dekanwahl nichts zu tun. Aber wieso ist er denn tot?" fragte nun Bernd Tellingstedt. „Diese Frage stellen wir uns auch", antwortete Frank stattdessen. Prof. Dr. Detlevsen linker Arm war über die Brust, während er sich mit der linken Hand an seinem rechten Arm festhielt. Mit der rechten Hand kitzelte Prof. Dr. Detlevsen sein Kinn und sah sich in der Runde um. ‚War es vielleicht einer der Kollegen im Fachbereichsrat, die auf den Dekanposten scharf sind?' stellte sich auch Prof. Dr. Detlevsen die Frage, die er nicht unbedingt öffentlich stellen möchte … ‚Katja, Du machst dich verdächtig', dachte Prof. Detlevsen für sich. „Möchten Sie noch etwas anmerken, Herr Detlevsen?" fragte Frank den derzeitigen Alterspräsident des Fachbereiches. „Nein, ich denke nicht."

Prof. Dr. Paul war auf dem Weg zu seinem Büro, als dieser von hinten erschossen wurde. Eine Studentin sah das und schrie. Dr. Austen, der Leiter des Sprachlabors sah es und rief die Polizei an. Frank, der noch in der Sitzung des anderen Fachbereichs saß, wurde deswegen angerufen. „Tut mir Leid, ich muss weg, es wurde wieder ein Kollege erschossen." „Wissen Sie, wer das ist?" „Nein, das weiß ich nicht. Auf jedem Fall muss ich ins Haus 100." Frank lief dahin. Am Tatort angekommen sah er auch, wer das neue Mordopfer ist: Prof. Dr. Jens Paul. „Ach, Du ahnst es nicht. Der war lebendig und hatte bestimmt gute Laune." „Kennen Sie ihn, Herr Rogalla?" „Ja, das ist Prof. Dr. Paul. Der war der Letzte, mit den Prof. Dr. Knopfler und Prof. Dr. Steinkamp gesprochen hatten. Prof. Dr. Paul hatte den beiden ersten Ermordeten immer gute Laune attestiert, wo er sie zuletzt gesehen hat. Umso mehr tote Professoren, umso mehr verschwindet dafür meine gute Laune, nach Herrn Prof. Dr. Pauls unfreiwilligen Ableben noch mehr. Wir befragen jetzt alle Professoren in den beiden Fachbereichen. Harry, Sie nehmen den Fachbereich ‚Wirtschaft, Verwaltung und Recht', ich nehme mir die Betriebswirte und Wirtschaftsinformatiker vor."

Frank klopfte sich durch die Professorenbüros in Haus 13. Viele waren inzwischen zu Hause, einige wie zum Beispiel Prof. Dr. Steffen Birk waren noch im Büro und gingen ihrem ehrgeizigen Forschungsauftrag nach. Frank klopfte an, bis er erhört wurde. „Guten Tag, Herr Birk, wir kennen uns bereits. Es geht hier um die bisher drei verstorbenen Kollegen. Kannten Sie die Ermordeten?"

Prof. Dr. Steffen Birk schaute sein Gegenüber verwundert an und brachte ein „Äh! Moment mal! wie bitte?" heraus. „Können Sie zu den ermordeten Kollegen etwas sagen, Herr Prof. Dr. Birk?" „Um ehrlich zu sein, kann ich zu den Toten gar nichts sagen, denn ich habe Ihnen bereits gesagt, dass ich erst zum diesem Semester als Professor berufen wurde. Ich habe die ermordeten Kollegen mal auf den Flur gesehen, aber für mich waren das Fremde ohne Namen. Die einzigen Kollegen, die ich näher kenne, sind Frau Prof. Dr. Katzenberger durch das Berufungsverfahren und Herr Prof. Dr. Detlevsen, bei dem ich bei einen seiner Vorlesungen einen Gastvortrag abgehalten habe. Das war es auch schon."

Prof. Dr. Detlevsen kam zu seinem Büro, als Sonja Weber ihn ein Umschlag gab. „Da steht ja kein Name, hat ihn jemand bei Ihnen abgegeben?" „Der war bei Ihnen vor dem Büro, ich sah ihn, als ich von der Mensa hochkam." „Der könnte für Sie gefährlich sein, Sonja." „Ach, jeder ist ersetzbar, auch ich." Prof. Detlevsen machte den Umschlag auf und las den Inhalt. „Wollen Sie, dass Sie dasselbe Schicksal ereilt wie Prof. Dr. Steinkamp oder Prof. Dr. Paul? ICH nICHt. Prof. TOD." „Wie unheimlich. ich dachte immer, Herr Steinkamp ist tot, jetzt auch Herr Paul? Das wundert mich ein wenig." Prof. Detlevsen erzählte Sonja Weber, dass der Kommissar, der bei der Fachbereichsratssitzung als Gast dabei war, zu einem weiteren Mord hier auf dem Campus gerufen wurde. „Ich hoffe nicht, dass es Herr Paul ist, ich mag ihn ganz gern mit seiner ruhigen Art", so Sonja, die im anderen Fachbereich ‚Wirtschaft und Recht' studiert hat. „Also

wenn Paul ermordet sein sollte, ich war in der Gründer-
werkstatt und da heute Mittwoch ist, ab drei Uhr allein.
Also ab dem Zeitpunkt habe ich kein Alibi. Jonas kam
heute noch ganz kurz rein." „Was wollte Jonas denn?"
„Das wollte er Ihnen lieber persönlich sagen."

Frank hatte auch einen Termin bei dem Präsidenten der
Hochschule, wo auch der Kanzler zugegen war. Da
Frank neben den Termin bei dem Präsidenten noch den
Gerichtstermin beim Landgericht in Frankfurt an der
Oder hatte, hat er sich sogar den Anzug angezogen, den
er zum Vorstellungsgespräch für die Stelle als leitender
Hauptkommissar anhatte. Der Präsident wollte einiges
wissen, was Frank mit dem Satz „ich kann dazu aus er-
mittlungstaktischen Gründen nichts sagen, nur so viel,
wenn wir in dem einen Fall fortsetzen wollen, kommt
der nächste tote Professor. Es wäre besser für uns, wenn
der Mörder oder wenn die Mörder gewartet hätten, bis
wir zu dem einen Mord etwas haben wie zum Beispiel
das Umfeld der Opfer. Aber selbst diese Chance haben
wir nicht." „Das hört sich nicht sehr gut an", so der Präsident. „Und es ist auch nicht sehr gut für uns als Polizei,
da wir nicht im Umfeld des einzelnen Toten ermitteln
können. Wie bereits gesagt, wir haben keine Chance, die
Ermittlungen bei dem einem Opfer anzusetzen. Wenn
wir damit anfangen, liegt schon das nächste Opfer vor
unseren Füßen. Ich kann mir vorstellen, dass Sie durch
die fünf Toten hinsichtlich auf die Anwerbung der
Nachwuchswissenschaftler einen Imageschaden haben,
aber ich kann Ihnen zurzeit nur das mitteilen, was ich
Ihnen gesagt habe. Ich kann nur versprechen, dass ich

wiederkommen werde, wenn ich den oder die Mörder habe." „Vielen Dank für Ihr Verständnis, Herr Rogalla." Die drei Herren erhoben und verabschieden sich. „Der ist ja wirklich unfähig, denn viel hat er ja nicht gesagt." Der Kanzler nickte nur.

Es stellte sich doch heraus, dass es Prof. Dr. Paul vom Fachbereich Wirtschaft, Verwaltung und Recht war, der auf einer brutalen Art und Weise umgebracht wurde. „Es reicht langsam, das ist der fünfte tote Professor." Langsam bekamen es auch die beiden neu berufenen Professoren Katzenberger und Birk mit der Angst zu tun. Der junge Prof. Dr. Birk verabredete sich auch mit Prof. Dr. Detlevsen zu Mittag in der Mensa. Prof. Dr. Detlevsen sah es dem Jüngeren an, dass die Morde im Dekanat ihn beschäftigen und dieser darüber hinaus mit der derzeitigen Situation im Fachbereich überfordert war. „Muss ich mich um mein Leben fürchten, nur weil ich jetzt Professor geworden bin?" „Ich denke, dass die Mordserie ein Spiegel interner Querelen in Sachen Dekan-Kandidatur ist und davon sind weder Frau Katzenberger noch Sie als frischgebackene Professoren betroffen." „Dann bin ich ja froh, dass ich bei dem Bestatter meines Vertrauens doch noch den Sarg abbestellen darf", erwiderte Prof. Birk mit schwarzem Humor, nur um seine Angst nicht zu offensiv vor den älteren Kollegen zu zeigen.

Frank hatte wieder Bereitschaft. In seinen Ruhe- und Nachdenkraum hatte er wieder die kopierten Protokolle der letzten Morde an der Technischen Hochschule mitgenommen. Sowohl bei den Opfern Steinkamp, Paul und

Gruchmann wurden anonyme Schreiben gefunden, was bei Knopfler und Schmidt nicht der Fall war. Allein die Drohbriefe sorgten den erfahrenden Kommissar ein wenig. Die Worte ‚TOD' und ‚ICH' wurden groß geschrieben. Selbst das Wort ‚ICH' als ein Bestandteil von einem anderen Wortes wurde groß geschrieben. Auf der anderen Seite war Gruchmann wie Knopfler und Schmidt im Fachbereichsrat vertreten und er könnte ein Kandidat für die Wahl des Dekans sein. Hier musste er den Prof. Dr. Detlevsen fragen, ob Gruchmann ein Kandidat auf diesem Stuhl war. Auf der anderen Seite fiel Frank auf, dass es für die drei Opfer für diesen Fachbereichsrat keine Nachrücker gab. Da die Professoren im Fachbereichsrat für zwei Jahre gewählt wurden, musste ein Nachrücker gewählt werden. ‚Prof. Dr. Detlevsen ist der Alterspräsident des Fachbereichs oder die derzeitige Prodekanin – Frau Prof. Dr. Jessen – einer von den beiden mussten mit dem Wahlamt der Hochschule sprechen', dachte Frank für sich.

„Jetzt bist Du dran! Welches Lied von deinen französischen Doppelgänger wünschst Du dir auf deiner Beerdigung? ‚Murmures', ‚Eleana', ‚Ballade pour Adeline' oder ‚E penso a te'?" stand auf dem anonymen Brief, der wieder Prof. Seemann erreichte. Dieser war in der Bibliothek und schmiss das Schreiben weg. Der Leiter der Bibliothek, Dr. Sönke Flemming, kam ein paar Stunden später am Mülleimer vorbei, da er etwas Metallenes blitzen sah und holte es raus. Dort sah er auch den Brief, den Prof. Seemann bekommen hat. Dass in der Zeit ein Schuss fiel, hörte Dr. Flemming nicht. „Hilfe, Herr

Flemming, rennen Sie den Mann hinterher, der wollte mich umbringen!" schrie Prof. Marquardt ein Stockwerk höher, der ein paar Fachbücher unter dem Arm hat. Dr. Flemming führte dieses aus. Wenige Minuten später kam auch dieser zurück. „Ich habe den Mann nicht gekriegt, aber rufen Sie lieber die Polizei an, wenn diese ihre Mörder fangen sollen. Das ist nicht der Job eines Leiters der Hochschulbibliothek, sondern eines Kommissars", sagte Dr. Flemming, der durch das Rennen trotz seiner schlanken Figur außer Atem war, zu Prof. Marquardt. „Nächstes Mal renne ich selber, im Gegensatz zu ihrem Leben ist meins in Gefahr. Vielen Dank, Herr Flemming!" beendete Prof. Marquardt beleidigt das Gespräch und ging mit den Büchern zur Ausleihe.

Prof. Detlevsen war für seine Verhältnisse ungewohnt gereizt. Wieder war ein Schreiben von diesem Prof. Tod. „Langsam sollten Sie mal wirklich zur Polizei gehen, Herr Detlevsen." „Sie wollten Herrn Hausmann fragen, ob ein Hausmeisterposten für mich frei ist", antwortete der Professor ironisch und verärgert. Es klopfte an der Tür. „Ich gehe dann mal, Herr Hausmann ist wieder im Dienst. Ich muss noch den Wagen für die Dienstreise nach Żary[17] reservieren. Dann habe ich wirklich einen Grund, zu ihm zu gehen", so Sonja trocken. Sie legte das anonyme Schreiben zur Seite und ging raus. Auf dem Flur sah sie auch den Kommissar, den sie ihre Quittung von Aldi gegeben hat. „Herr Detlevsen ist alleine und will Hausmeister werden, nachdem seine fünf Kollegen

---

[17] Żary: Stadt in Polen, wird als „Djari" ausgesprochen.

ums Leben kamen. Als Hausmeister sind die Überlebenschancen an dieser Hochschule zurzeit weitaus höher als die eines Professors." „Da haben Sie ausnahmsweise Recht, Frau Weber. Ich wünsche Ihnen einen schönen Tag." Frank klopfte an. Prof. Dr. Detlevsen antwortete, vergaß aber das Schreiben, dass Sonja vorher angefasst hat, zu verstecken. Frank trat mit Harry ein. Während dessen suchte Sonja Herrn Hausmann auf. „Guten Tag, Herr Hausmann, wie geht es Ihnen?" „Es geht langsam aufwärts. Am Anfang hatte ich das Gefühl, dass ich den Abend zuvor gefeiert und alles durcheinander getrunken habe, jetzt geht es wieder besser. Aber Frau Ahrends und Herr Berking haben erste Hilfe geleistet, von daher gesehen ist es nicht ganz so schlimm. Haben Sie noch mit diesem Weiterbildungsträger Kontakt? Wir suchen einen Hausmeister." „Mit dem Weiterbildungsträger habe ich keinen Kontakt mehr, tut mir Leid." „Das ist ja schade", so Herr Hausmann. „Aber fragen Sie mal Herrn Detlevsen. Dieser bereut jetzt, dass er die höhere Laufbahn eingeschlagen hat." „Feigling. Nur weil ein paar Kollegen sterben, muss ich ihn von der Schusslinie nehmen? Wenn wieder alles in Ordnung ist und der Mörder gefunden wurde, dann will er wieder Professor werden. Also das sehe ich nicht ein, Frau Weber." „Da haben Sie auch wieder Recht, nur er jammert mir zuviel herum, dass er zuviel zu tun hat. Deswegen habe ich Herrn Detlevsen den Hausmeisterposten empfohlen – bevor noch seine Kollegen ums Leben kamen." „Kann der Mann überhaupt einen Hammer oder Schraubenzieher anfassen? Ich habe da so meine Zweifel, Frau Weber." „Das weiß ich nicht. Ich erlebe Herrn Detlevsen als Professor, nicht

als Hausmeister." „Das Herr Detlevsen bei uns Hausmeister ist, das lasse ich mal lieber, der doziert mir noch
die Kollegen tot und die Hochschule kann neben den
Stellenausschreibungen für die neuen Professoren noch
die Ausschreibungen für die neuen Hausmeister erstellen", so Herr Hausmann mit einem Schmunzeln. „Na
toll, ich darf mir dann anhören, dass er viel zu tun hat.
Schönen Tag noch, Herr Hausmann", verabschiedete
sich Sonja Weber, bevor sie raus ging. Herr Hausmann
fing an zu lachen, als Sonja Weber weg war. „Och ‚ne,
Herr Detlevsen als Hausmeister, lieber nicht", sagte Einar Hausmann lachend zu sich selbst.

Frank und Harry waren im Büro von Prof. Dr. Detlevsen.
Frank sah auf dem Tisch ein Schreiben von Prof. Tod
und erinnerte sich an das Schreiben an Prof. Gruchmann.
„Ich komme zwar in erster Linie wegen der Wahl zum
neuen Fachbereichsrat und habe einige Fragen. Wenn ich
diesen Brief sehe, tun sich noch weitere Fragen auf",
sagte Frank und hob den Brief hoch. „Den hatte vorhin
Frau Weber angefasst, bevor sie aus dem Büro ging. Sie
bringt zwar auch einige Leute um, aber die Figuren sind
in der Phantasie von Frau Weber und werden mit der
Tastatur ermordet." „Wir werden die Fingerabdrücke von
Frau Weber nehmen und mit den anderen Briefen von
ihren ermordeten Kollegen vergleichen?" „Wer hat denn
noch diesen Schrieb bekommen?" „Das darf ich aus er-
mittlungstaktischen Gründen nicht sagen. Bei der Fachbereichsratssitzung, wo ich als Gast da war, wurde da ein
Fachbereichsratsvorsitzender gewählt?" „Nein, wir sind
mit dem Fehlen der ermordeten Kollegen nicht mehr

beschlussfähig. Es gab nur Herrn Fresenius als Nachrücker für Herrn Knopfler, aber nicht mehr für Herrn Schmidt und Herrn Gruchmann." „Da gab es genug Nachrücker, so wie ich es auf den Listen gesehen habe." „Aber für einen Professor können wir keinen wissenschaftlichen Mitarbeiter nachrücken lassen. Das gibt auch die Satzung und die Geschäftsordnung des Fachbereiches nicht her." „Das könnte dann sein, dass die Morde an die drei Kollegen für den Mörder Recht und billig sind, dass dieser Fachbereichsrat aufgrund der fehlenden Professoren sich nicht zusammensetzen kann. Wer könnte ein Interesse an die Posten haben, die aus dem Fachbereichsrat heraus gewählt werden?" „Letzten Endes die Kandidaten, die sich auch für den Fachbereichsrat aufgestellt haben", so Herr Prof. Dr. Detlevsen. „Und somit Sie auch, Herr Detlevsen?" „Ich vermute es, dass es so ist. Ich kann nun mal nicht in die Köpfe der Kollegen rein schauen. Was meine Kandidatur im Fachbereich betrifft, wollte ich eher mitwirken. Ich persönlich habe kein Interesse an den Dekanposten, höchsten noch an einen Prodekanposten, aber die Kandidaten, bei denen ich es machen würde, sind bereits tot. Letzten Endes habe ich genug zu tun, da kann ich mich nicht mit so was belasten." „Das hat sich aber bei dem einen Gespräch etwas anders angehört, als mein Mitarbeiter und ich das Dekanat betraten." „Frau Jessen meinte, es ist egal, wer Dekan wird, Hauptsache ich werde kein Prodekan." „Ist das so, wie Frau Jessen das denkt." „Ich habe mich eben dazu geäußert. Frau Jessen und ich kommen nicht so besonders gut aus, aber das hat mit einem Fehlverhalten meinerseits zu tun. Aber das ist eine Angelegenheit zwi-

71

schen der Kollegin und mir." „Herr Prof. Dr. Detlevsen, es handelt sich um einen Mord von fünf Kollegen, da ist auch Ihr Fehlverhalten gegenüber Frau Jessen vor Jahren alles andere als privat. Wenn Sie es nicht sagen, sind Sie ein Tatverdächtiger und ich befrage die Frau Weber. Sie können froh sein, dass Sie, wo ihr Kollege Prof. Paul diesem Prof. Tod zum Opfer fiel, ein Alibi haben." Frank wurde laut. „In meinem Büro muss ich mich nicht anbrüllen lassen. Das Gespräch ist beendet, guten Tag!" Prof. Dr. Detlevsen hielt dem Kommissar die Tür von seinem Büro auf. Frank Rogalla wertet dieses als Rausschmiss und wird auch in Richtung Prof. Dr. Detlevsen recherchieren. „Sie haben noch etwas vergessen, Herr Rogalla. Den Dreck möchte ich auch nicht in meinem Büro haben. Gehen Sie mal lieber zu Herrn Trepsdorf, der hat auch den einen oder anderen Drohbrief bekommen. Wo der Mann sitzt, müssen Sie herausfinden. Schließlich sind Sie von der Polizei und nicht ich. Nochmals: Guten Tag!"

Das dieser so genannte Prof. Tod Prof. Dr. Detlevsen keine Ruhe lassen würde, war für Prof. Dr. Detlevsen klar. Zum anderen hat er sich über den respektlosen Kommissar geärgert. Am dem Abend saß er über die Präsentationen der einzelnen Studierenden und den dazu von ihm ausgefüllten Feedbackbögen. Das seine Mitarbeiterin Sonja Weber so dermaßen schlecht abschnitt, war auch für Prof. Detlevsen überraschend. Das Referat zum Thema Mobbing hatte sie alles andere als gut präsentiert – genauer gesagt war sie unvorbereitet heran gegangen und bei der Präsentation selbst sehr schlecht verständlich. Der Ärger über den Kommissar ist zwar nicht verflogen, doch dieser durfte keinen Einfluss auf die Notengebung im Fach ‚Kommunikation und Verhandlungsführung' nehmen, jedoch musste Prof. Detlevsen seiner längsten Mitarbeiterin eine Fünfkommanull geben...

Am Abend kam Frank nach Hause. Bevor er sich umziehen wollte, setzte sich auf seine Bettseite und legte sich mit dem Oberkörper hin. Er schlief sofort ein. Seine Frau weckte ihn mit einem Kuss. „Hä? Was ist?" „Du bist wohl beim Nachdenken eingeschlafen." „Ich dachte, meine toten Professoren bringen mich eher um den Schlaf, aber nachdem Du mich geweckt hast, scheint es wohl das Gegenteil zu sein. Ich wollte nachher zu meinem Ruhe- und Nachdenkraum, aber ich habe durch meinen Schlaf Zeit verloren. Der Fall ist so was von konfus, ich meine eher, das sind zwei Fälle. Auf jedem Fall werde ich Ärger vom Staatsanwalt bekommen, da ich mich vor dem Präsident der Hochschule geäußert habe. Bis heute hatte ich Ruhe, Plasberg war die letzte Woche bei einem Kongress für Staatsanwälte und Strafrichter. Seine Geschäftszimmerdame hat mich angerufen und mich für morgen früh um halb acht zu ihm zitiert."

„Was fällt Ihnen ein, Herr Rogalla, ohne Absprache mit mir dem Präsidenten der Hochschule zu erzählen, dass es sich um zwei Fälle handelt. Nur weil Professoren aus zwei verschiedenen Fachbereichen oder Fakultäten sterben, handelt es sich nicht um zwei Fälle. Wie kommen Sie auf diese Schnapsidee? Wenn es sich jemand leistet wie zum Beispiel Herr Lehmann oder Herr Jungheinrich, da sage ich nichts, aber von einem Leiter der Mordkommission erwarte ich mehr!" „Bevor Sie mich weiter angiften, bevor ich den Termin bei dem Präsidenten wahrnahm, hatte ich mich mit Ihrer Vertretung, Frau Dr. Jandowick, abgesprochen und dieses den Präsidenten auch so mitgeteilt." „Gut, ich frage bei der Kollegin nach."

„Vertrauen kann man nicht essen, Vertrauen muss man sich erwerben. Hat Frau Weber dein Vertrauen verdient? Mit SICHerheit nICHt! Das Vieraugen-Prinzip wird nICHt von Dir angewendet, Du hast ein sehr großes Vertrauen zu deinen Leuten." Es war Samstag und Prof. Dr. Detlevsen hatte eine Doppelvorlesung in ‚Businessplanung' bei den Studierenden des berufsbegleitenden Studiengangs in Betriebswirtschaft. Die Studierenden sollten ihr Gründungsprojekt vorstellen. Eine Studentin präsentierte ihr Businessplan. Mit jeder Folie versteinerte sich das Gesicht von Prof. Dr. Detlevsen. „Schluss!! Aus!! Sind Sie sicher, dass das von Ihnen eine Geschäftsidee ist oder die von Guttenberg?!! Das ist der letzte Müll, den ich bisher gesehen habe!! Wenn es in dieser Hochschule die Note 6,0 geben würde, dann hätten Sie die längst von mir bekommen!! Ist es Ihnen nicht peinlich, meine kostbare Zeit mit einem so grottenschlechten Vortrag zu verschwenden?!! Auch Zeit ist eine Ressource, die man sich einteilen muss! Sie sind angehende Betriebswirtin, das müssen Sie wissen!!" polterte der Professor los. Die Studentin, die vorgetragen hat, fing an zu weinen und die restliche Seminargruppe schreckte auf. „Da brauchen Sie keine Jammer-Stöhn-Aktion machen! Wenn Sie sich ihre Präsentation angeschaut hätten, dann hätten Sie gemerkt, dass diese nicht meinen Anforderungen entspricht!" Die Studentin nahm den Stick aus dem Laptop vom Professor und packte ihre Sachen. „Sie sind ja schlimmer als Herr Plessing! Ich werde mich bei Herrn Trepsdorf über Sie beschweren!" sagte diese schniefend und war dabei, zu gehen. „Tun Sie, was Sie nicht lassen können!! Herr Trepsdorf wird sich über diese Art von Ablenkung sehr bedanken!! Der Mann hat auch nichts anderes zu tun als Ihre Jammer-Stöhn-Aktion anzuhören!! Bereiten Sie sich gründlich vor und erstellen Sie einen anständigen Businessplan anstatt Herrn Trepsdorfs und meine Zeit abzugraben[18]!!" Als hätten sich der Professor und Dr. Trepsdorf abgesprochen, hatten beide Herren schlechte Laune – nur der Grund war ein anderer. Dr. Trepsdorf konnte – nachdem er sein Postfach in Haus 13 geleert hat – zwei Gründe für seine schlechte Laune an diesem Samstag vorweisen. Er hatte einen weiteren anonymen Brief erhalten und zum anderen sorgte ein Phantom in Form von einer berufsbegleitenden Studierenden Namens Sonja Weber für Ärger. ‚Wenn diese Frau nicht ihren Praktikumsbericht in Moodle[19] hoch lädt, fällt die

---

[18] Mit „Zeit abzugraben" ist gemeint, dass die Zeit einer anderen Person unnötig in Anspruch genommen wird.

[19] Es handelt sich hier um eine Lernplattform zum Hochlanden von Lernmaterial von Professoren und Lehrbeauftragte für die Studierenden. Die Studierenden laden dort ihre Belegarbeiten oder auch Praktikumsberichte in Moodle hoch

Frau durch', dachte Dr. Trepsdorf auf dem Weg von Haus 13 zu Haus 100 zu der Seminargruppe, in der Sonja Weber war, und hoffte, die ‚Dame' anzutreffen. Auch heute war die ‚Dame' nicht anwesend, weil ihr die Fächer aus einem anderen Studium anerkannt wurden. Dr. Trepsdorf trug sein Anliegen vor der Seminargruppe sehr ruhig vor, jedoch sahen die Studierenden es ihm an, dass er auf die abwesende Kommilitonin sehr verärgert war. Eine andere Studierende sagte Dr. Trepsdorf zu, Sonja Weber zu informieren. Wieder draußen atmet er durch. ‚Dieses studierende Phantom namens Sonja Weber und dieser anonyme Schreiberling verbessern nicht unbedingt die Qualität meines Arbeitstages', dachte Dr. Trepsdorf bei sich, als er vor dem Haus 100 stand und ein weiteres Mal tief durchatmete. ‚Heute ist nicht mein Tag!' war ein weiterer Gedanke von ihm. Im Büro in Haus 16 angekommen, legte Dr. Trepsdorf das Schreiben in eine Schublade seines Schreibtisches, denn die Schreiben, die er bereits erhalten und nicht vernichtet hat, wollte er den Kommissar aus Frankfurt (Oder) übergeben.

Bei sich zu Hause hatte Frank sein Flipchart genommen und alles aufgeschrieben, was die Professorenmorde betrifft. Er sah nur die drei Unterteilungen wie Macht, Drohbriefe und unbekanntes Motiv. Er fragte sich, ob die Büros von Steinkamp und Paul genauer angesehen wurden. Diese Frage musste er auf den nächsten Montag verlegen.

Es war wieder dienstags und das hieß für Prof. Dr. Detlevsen, dass er seine Sprechstunde für die Studierenden abhalten muss. Anders als sonst war die Lust bei Prof. Dr. Detlevsen eher sehr begrenzt. Die erste Bachelor-Kandidatin betrat das Büro. „Guten Tag Herr Detlev-."
„Das heißt Prof. Dr. Detlevsen!" unterbrach Prof. Detlevsen die Studentin schroff. Diese erschrak. „Tragen Sie bitte ihr Anliegen kurz, knapp und präzise vor." Die Studentin erklärte das Gewünschte. „Fassen Sie sich kurz, das ist eine Professoren-Sprechstunde und kein ‚Häkel-Büddel[20]-Kaffeekränzchen'[21]. Ich habe nicht den ganzen Tag Zeit! Also was wollen Sie genau?" Die Studentin holte ein Paket bedruckter Blätter raus. „Das ist der Entwurf meiner Bachelorarbeit und ich wollte Sie bitten, da noch mal reinzuschauen." „Sie haben doch ihr Thema im Griff und mit solchen Marginalien wie Rechtschreibung und Grammatik muss ich nicht auseinandersetzen. Packen Sie ihren Kram ein, die Sprechstunde ist für Sie beendet. Sie wissen, wo der Maurer das Loch gelassen hat." „Die Kommilitonen haben gesagt, dass Sie für Studenten sehr -." „Sehr viel Zeit nehmen", schnitt Prof. Dr. Detlevsen ein, „das war einmal! Raus hier! Ich habe noch andere Themen auf dem Tisch, da kann ich mir von irgendwelchen Grammatikkorrekturen von Bachelorarbeiten meine kostbare Zeit abgraben lassen!! Fragen Sie

---

[20] Büddel: Plattdeutsch für Beutel (Hamburg). Aus: https://www.ndr.de/kultur/norddeutsche_sprache/plattdeutsch/woerterbuch101 _abc-B.html, zuletzt zugegriffen am 24. Juli 2017
[21] Den Ausdruck ‚Häkel-Büddel-Kaffeekränzchen' hat die Autorin von einer ehemaligen Kollegin bei ihrer Tätigkeit beim Amtsgericht Elmshorn (Schleswig-Holstein) übernommen.

Ihre Kommilitonen, ob sie das für Sie korrigieren können! Guten Tag!" Die Studentin packte ihre Sachen und verschwand eilig aus dem Büro. Kurz nach dem Verschwinden sah sich Prof. Dr. Detlevsen wieder die Post an. Wieder dieses Schreiben. „Du bist in letzter Zeit ganz schön ungehalten, Prof. Detlevsen. Bringen meine Scheiben dICH aus der Fassung? Prof. Tod", las Prof. Dr. Detlevsen laut. „Nein, überhaupt nicht, Du Schmierfink", antwortet dieser den unbekannten Schreiber. „So'n Dreck auch", sagte Prof. Detlevsen, als er das anonyme Schreiben zerknüllte und in den Papierkorb schmiss.

Es wurde eine weitere Fallbesprechung angesetzt, wo Frank die bisherigen Ergebnisse vortrug. „Ich gehe von drei Fällen aus. Zum einem handelt es sich um das Interesse, dass die gewählten Leute im Fachbereich Betriebswirtschaft/Wirtschaftsinformatik Dekan werden wollen und da wurden bisher zwei aussichtsreiche Kandidaten ermordet. Zum anderen sind es die Morde an drei weiteren Professoren, die bisher Drohbriefe – man glaubt es kaum – von einem Prof. Tod bekamen. Bei zwei Leuten ist mir bekannt, dass sie die Drohbriefe erhalten haben, wovon einer noch lebt und der andere ermordet wurde. Dann gibt es noch zwei ermordete Professoren aus einem anderen Fachbereich, die wie der eine Drohbrief-Professor hinterhältig erschossen wurden, aber nicht bekannt ist, dass sie auch Drohbriefe von diesem Prof. Tod erhalten haben. Nur die beiden Professoren wurden genauso hingerichtet wie der eine Professor aus dem Fachbereich, der vorher die Drohbriefe bekam." „Haben auch die Leute, die wegen der Dekan-Sache ermordet wurden, Drohbriefe erhalten?" „Nicht das ich wüsste", so Frank, „selbst der eine lebende Professor – Prof. Dr. Detlevsen – der zu der Drohbriefempfängergruppe gehört, wollte sich nicht äußern, bis wir einen dieser Drohbriefe auf seinem Besuchertisch gefunden haben. Da musste er sich räuspern." „Hat dieser Professor Ambitionen zum Dekan-Posten?" „Nein, wenn überhaupt, dann wollte dieser Professor Prodekan werden und es waren nur zwei der ermordeten Kollegen, die für diesen Professor in Frage kommen. Nur diese Kandidaten waren zu dem Zeitpunkt bereits tot, als ich Herrn Detlevsen zu der Sache befragt habe." „Wieso kommen Sie auf drei Fälle, Herr Rogalla?" „Zum einem geschehen die Morde, weil der eine oder andere etwas machtgierig ist, zwei Professoren erhalten Drohbriefe, wovon einer tot ist, zwei tote Professoren sind aus dem anderen Fachbereich und da ist es nicht bekannt, dass sie Drohbriefe erhalten haben." „Herr Rogalla, das eine Opfer aus dem Fachbereich Betriebswirtschaft/Wirtschaftsinformatik ist tot, hat aber keine Dekan-Ambitionen, wurde aber hingerichtet wie seine Kollegen aus dem Fachbereich Wirtschaft, Verwaltung und Recht. Diese drei Opfer sind nach meiner Meinung ein Fall; der andere Fall sind die beiden toten Kollegen, die gerne Dekan werden möchten. Herr Rogalla, Sie sorgen jetzt dafür, dass es für die Büroräume von den Professoren Paul und Steinkamp ein Durchsuchungsbefehl gibt und befragen die anderen Kollegen aus dem Fachbereich Betriebswirtschaft/Wirtschaftsinformatik, ob diese Drohbriefe erhalten haben. Wie heißen oder hießen die beiden Professoren, die die Drohbriefe erhalten hatten?" „Der eine war

Günther Gruchmann, der ist bereits tot, und der andere Carsten Detlevsen, aber der lebt noch und hat alles andere als gute Laune. Harry, rufen Sie bitte beim Amtsgericht den Richter Jeschonnek an, der soll den Durchsuchungsbefehl für die Büros von Steinkamp und Paul fertig machen, es geht um Beweismittel. Ich fahre schon mit dem Auto nach Wildau und befrage die Professoren, ob diese bereits Drohbriefe erhalten haben."

Prof. Dr. Birk öffnete sein Postfach und nahm die Post raus. Frank Rogalla kam um die Ecke. „Guten Tag Herr Birk", begrüßte Frank den etwas Jüngeren, „es ist ganz gut, dass Sie da sind. Haben Sie bisher einen Drohbrief von einem Prof. Tod bekommen?" Von diesem Professor kam ein kurzes „Äh" heraus, bevor er antwortet. „Nein, bisher nicht. Das ist allerdings die Post von heute." Der Professor legte seine Post auf den Tisch zwischen den Postfächern hin. „Darf' ich mal, Herr Birk?" fragte Frank und zog sich die Handschuhe an. Der erste Brief war auch an den jungen Professor gerichtet, nur dieser hatte keinen Absender. Zum anderen fand Frank eine Kugel von einer Pistole in diesem Brief. „Ihre Wissenschaft ist im kaufmännischen, meine im morbiden BereICH. Prof. TOD!" stand auf diesem Schreiben. Prof. Dr. Birk war ein wenig blas um die Nase. „Wissen Sie durch Zufall, wer von Ihren Kollegen noch Drohbriefe bekommt?" Der junge Professor schüttelte den Kopf.

Etwas später machte Prof. Dr. Detlevsen sein Postfach auf. Ein Brief ohne Absender erregte die Aufmerksamkeit des Professors. Prof. Dr. Detlevsen machte den Brief auf und es fiel eine Patrone raus. Auf den Zettel, der im Brief mit drin war, stand folgender Text: „Schön, dass Sie geschwiegen haben, aber die Polizei hat die Briefe doch entdeckt! NICHt gut, Professorchen. ICH erreICHe immer das, was ICH will! Das nächste Ziel ist: Sie loswerden! Vertrauen Sie niemanden aus ihrem Verein! Die Polizei kann Ihnen nicht helfen und sie wird Ihnen nicht helfen – so oder so! Dafür sorge ICH! Prof. TOD! ☺" Prof. Dr. Detlevsen beschloss, doch Herrn Rogalla anzurufen.

Frank kam auch in das Büro vom Präsidenten, wo sich die Sekretärin über das Aufgebot von Polizisten erschrak. „Guten Tag, Frau Jahreis, wir beide kennen uns bereits. Meine Kollegen und ich müssen die Büros von den Opfern nach Drohbriefen durchsuchen." „Dann wenden Sie sich mal bitte bei Frau Missert, die für die Schlüssel zuständig ist", sagte Frau Jahreis zu Frank und seinen Kollegen. Die Herren gingen zu dem von Frau Jahreis genannten Raum. Bei Frau Missert bekamen diese auch die Schlüssel von diesen Büros. Die Durchsuchung dort dauerte eine Stunde. Bei den Büros von allen drei Professoren wurden die Polizisten fündig. Alle Drohbriefe kamen von diesem Prof. Tod. Ist dieser auch verantwortlich für die drei toten Professoren? In den Büros von Prof. Dr. Schmidt und Prof. Dr. Knopfler wurde nichts gefunden. „Also doch zwei Fälle", vermutete Frank, bei dem das Handy klingelt. „Rogalla", meldete Frank sich. Am anderen Ende war ein aufgelöster Prof. Dr. Detlevsen, der einen Drohbrief und eine Patronenhülse in der Hand hatte.

„Bei manchen Dingen kann man die Kosten berechnen, aber nICHt prüfen, ob man die Leistung erhalten hat – vielleICHt würde ein Buch über die Person geführt, vielleICHt auch nicht! Prof. TOD!" Prof. Dr. Thorsten Seemann erhält den Brief und war schockiert. Die Angst steht im Nacken. Wieder kam Frank bei den Postfächern vorbei und sah einen Mann von etwa Ende Vierzig, der einen Brief in der Hand hatte und ziemlich blas war. „Geht es Ihnen nicht gut?" fragte Frank Prof. Dr. Seemann. „Es geht schon wieder", so Prof. Dr. Seemann zu Frank. Gleichzeitig ließ Prof. Dr. Seemann den anonymen Brief fallen. Frank hob diesen auf. „Seit wann kriegen Sie diese Briefe, Herr -?" fragte Frank und zeigte den Professor seinen Dienstausweis. „Seemann. Ich bin hier Professor für Rechnungswesen und Controlling, ich bin für den Fachbereich Betriebswirtschaft in etwa das, was mein Kollege Steinkamp im anderen Fachbereich war. Den ersten Brief bekam ich letzte Woche, das ist mein zweiter Brief." Prof. Seemann war durcheinander, denn es entfiel ihn, dass er drei Drohbriefe bekommen hatte. „Ich nehme den Brief mal mit, ich denke mir mal, den wollen Sie nicht behalten." „Da besteht kein Bedarf", so Prof. Seemann, der sich an dem Tisch zwischen den Postfächern gestellt hat. Frank fragte sich auch bei den Kollegen von Prof. Dr. Seemann durch. Die Kollegen, die da waren, konnten entweder dieses nicht bestätigen oder sie holten eine Ansammlung von diesen Schreiben heraus, sofern diese noch nicht weggeworfen oder gar – was die Raucher unter den Professoren gerne mit diesen Briefen machten – verbrannt wurden.

Frank sah sich die Drohbriefe von den Professoren an. Von Prof. Dr. Detlevsen hatte Frank den Tipp erhalten, dass auch ein Dr. Trepsdorf – der keine Professur innehatte – Drohbriefe von dem unbekannten Prof. Tod erhält. Frank nahm sich vor, wenn er nächstes Mal an dieser Hochschule ist, den Dr. Trepsdorf aufzusuchen. Diese Schreiben – die Frank erhalten hat – waren sehr auffällig mit Druckschriftbuchstaben geschrieben. Die Unterschrift bei 'Prof. TOD' waren die Wörter 'TOD' und 'ICH' mit großen Buchstaben geschrieben, unabhängig ob diese Bestandteil eines Wortes waren oder nur als Personalpronom benutzt wurde. Zum anderen wurde das Umfeld der einzelnen Professoren beschrieben und die Bedrohungen steigerten sich von Woche zu Woche. Der sechste Brief war eine Drohung an die Opfer, bevor diese ums Leben kamen. Was das Drohbriefranking[22] betrifft, waren Prof. Dr. Detlevsen und Prof. Dr. Tellingstedt mit jeweils vier Schreiben die meisten Schreiben an vorderster Stelle. Diese beiden Professoren waren nun in Gefahr.

Sonja Weber, die noch ein Fernstudium in Betriebswirtschaft an der Technischen Hochschule absolvierte, war in einer Vorlesung bei Prof. Tchanner im Fach ‚Quantitative Betriebswirtschaft' und sollte in der Übung eine Aufgabe lösen. Hierfür nahm sie einen Minenbleistift zum Schreiben, wo ein paarmal die Mine abbrach. Prof.

---

[22] Ranking: Der Begriff kommt aus dem Englischen und ist eine Rangliste bzw. eine Einordnung einer Rangliste. Aus: O. V.: Ranking, aus: Duden – das Fremdwörterbuch, Duden Verlag, 9. Auflage, Mannheim 2007, S. 878

Tchanner bekam es mit der Angst zu tun. ‚War es Frau Weber, die mir die Drohbriefe schreibt? Aber Carsten hat doch auch einige Schreiben bekommen? Frau Weber würde ihm nach jahrelanger Zusammenarbeit so ein anonymes Schreiben nicht an ihren Vorgesetzten richten?' „Könnten Sie bitte das Minenschießen beenden", sprach Prof. Tchanner ungehalten gegenüber Sonja Weber seine Bitte aus, die ihm schräg gegenüber saß.

Die schlechte Laune von Prof. Detlevsen setzte sich am Abend fort. Neben den Drohbriefen setzte ihm Sonjas Arbeitsweise zu. Am liebsten würde Prof. Detlevsen Sonja Weber trotz der jahrelangen Mitarbeit nach bester norddeutscher Manier vor die Tür setzen. Die grottenschlechte Übersetzungen der Texte für ‚Moving Bird' waren der Anlass. Die Drohbriefe, die Prof. Detlevsen bekam, machten das Leben auch nicht besser, es schürte sein Misstrauen gegen Sonja Weber … Jedenfalls will Prof. Detlevsen Sonja Weber nicht mehr bei ‚Moving Bird' einsetzen, zumindest nicht als Führungskraft. ‚Sonja kriegt nicht einmal eine einfache Übersetzung hin', dachte Prof. Detlevsen grimmig, ‚na, die wird etwas von mir zu hören bekommen!' Vor einiger Zeit sollte Sonja Weber für Prof. Detlevsens Unternehmen ‚Moving Bird', das Reiseveranstaltungen für Asiaten in Europa anbietet, übersetzen. Die Übersetzungen waren so schlecht, dass Prof. Detlevsen diese Aufgabe selber machen musste. Da Sonja Weber nach ihren Vorlesungen als Studentin im berufsbegleitenden Studium in Betriebswirtschaft noch in Berlin tätig war, kam sie erst am Abend. Sie hatte Glück, dass die Tür vom Verwaltungsgebäude der Hochschule reinkam. Als sie im Büro von Prof. Detlevsen war, bereute sie, dass die Tür vom Verwaltungsgebäude noch offen war … „Sonja, welche Schule hat Ihre Fachhochschulreife attestiert?!!!" fragte Prof. Detlevsen wütend statt einer Begrüßung. Vor Sonja Weber, die auf einem Stuhl vor dem Besuchertisch saß, stand Prof. Detlevsen zornbebend mit einem hochroten Kopf. „Das Abendgymnasium Hamburg-St. Georg mit der Hamburger Schulbehörde", so Sonja Weber ungewöhnlich ruhig, obwohl ihr etwas anders zumute ist. „Es ist keine Zeit für schnippische Antworten, Sonja!!! Wir sind mit der Webseite von ‚Moving-Bird' ganz schön im Verzug!!!" „Das habe ich Ihnen auch vor Ihrer letzten Indien-Reise gesagt und Sie haben mir eine Frage gestellt, die ich nur beantwortet habe, das ist alles." „Sie verkennen Ihre Situation, Sonja!!! Indien war gestern!!!" „Wo Sie noch heute deswegen immer noch im Verzug sind", so Sonja nüchtern, aber bestimmend im Ton. „Sie sind Assistentin der Geschäftsführung bei ‚Moving-Bird', das heißt, der Kommentar steht Ihnen nicht zu!!! Bei Herrn Tellingstedt wären Sie für den Kommentar schon längst draußen!!! Vielleicht sollte ich es den Kollegen nachmachen: Hier bin ich Ihr Vorgesetzter und wenn ich will, kann ich Ihnen sagen, dass die Englisch-Übersetzungen für die Touren Ihre letzte Aufgabe für ‚Moving-Bird' war!!!" „Ist ja schön, dass Sie mal mit Herrn Tellingstedt einer Meinung sind. Das war ja ziemlich selten, seitdem Herr Tellingstedt und Sie Kollegen sind – um nicht zu sagen, wohl das erste Mal seit über fünfzehn Jahren. Vielleicht bin ich auch nicht in der Lage, die Listen zu führen. Gut, dann werde ich die Webseitenlisten zu

Ihnen rüberschicken. Ich gehe davon aus, dass Sie – anders als Alex – Excel im Griff haben und die entsprechenden Daten eintragen können. Normal ist das nicht mit Ihnen." Sonja Weber sprach sehr deutlich und ruhig, obwohl ihr anders zumute war, jedoch hörte Prof. Detlevsen die Verärgerung ihrer Stimme. „Kriegen Sie mal den Dreck von Drohbriefen", sagte Prof. Detlevsen zu Sonja, während er die Drohbriefe vor Sonjas Augen auf dem Tisch schmiss, „Sie reagieren bei so etwas weitaus ungehaltener als ich!!!" „Soll ich jetzt die an Ihnen gerichteten Drohbriefe auch noch auf Englisch übersetzen?" „Ja, da würden Sie nicht so viel Schaden anrichten!!! Vielleicht muss der Schreiber dieser widerlichen Exemplare wie unsere chinesischen Gäste Buffetschränke essen und kommt nicht auf den Gedanken, das dazu gehörende Holz, das in Papier umgewandelt wird, für seine Schreiben zu benutzen und mich mit diesem Dreck zu belästigen!!!!! Noch etwas: Ihre schnippische Art kotzt mich seit Jahren an, Sonja!!! Raus!!!!!!" Prof. Detlevsen haute mit der rechten Faust auf dem Tisch. „Vielleicht sollten Sie mal Caro oder Moritz fragen, die hatten Englisch als Leistungskurs." Sonja war inzwischen sauer auf Prof. Detlevsen, war aber sehr beherrscht. Denn so kannte sie diesen Mann gar nicht … „Ich habe aber Sie gefragt!!!!! Warum weiß ich das erst jetzt, dass Caro und Moritz Englisch als Leistungsfach hatten?!!!!!" „Weil Sie mich davor nicht gefragt haben, ganz einfach." „Ich wiederhole mich ungern: Ihre schnippische Art kotzt mich immer noch an, Sonja!!! Vor Montag möchte ich Sie nicht mehr sehen!!!!" Sonja stand auf und ging zur Tür. „Mein Bedarf an Ihrer Person ist für das kommende

Wochenende auch gedeckt. Schönen Abend noch", sagte Sonja ruhig, während sie raus ging.

Kurz vor einer Übung, die er abhalten muss, leerte Prof. Dr. Tchanner sein Schließfach im Verwaltungsgebäude. In dem Schließfach war nur das anonyme Schreiben. „Wie wollen Sie sterben? Haben Sie schon ihren TOD prognostiziert – oder modelliert? Prof. TOD." „Erst einmal habe ich gar nichts modelliert oder sonst was", so Prof. Tchanner, der diesen Brief in einen Gefrierbeutel rein tat, um diesen zur Mordkommission nach Frankfurt zu schicken. Der Gefrierbeutel wird in einen von Prof. Tchanner vorbereiteten Briefumschlag rein getan.

Inzwischen hatte Dr. Trepsdorf bei der Seminar-gruppe von Sonja Weber eine Vorlesung in ‚Nach-haltige Unternehmensführung' abgehalten und Dr. Trepsdorf die Gelegenheit, sein „Praktikumsbe-richtsphantom" persönlich kennen zu lernen. Beide begegnen sich eines Tages im Nebeneingang von Haus 13, wo die Postkästen standen. Dr. Trepsdorf holte die Post raus, während Sonja Weber ihn be-grüßte. „Da ist etwas herunter gefallen, ich hebe den Zettel mal auf." Sie las den Zettel nicht, sah aber, dass da etwas vom ‚Mr. Ebola' stand. „Da kann Sie wohl jemand nicht leiden, haben Sie hier Feinde an der Hochschule?" fragte Sonja und übergab den Zettel. „Ja, angefangen von meiner studentischen Mitarbeiterin bis hin zu Gott und die Welt. Den hätten Sie auch behalten können, Frau Weber", so Dr. Trepsdorf trocken. „Danke, Herr Trepsdorf, mir reichen schon die Drohbriefe, die

unterschrieben sind und ich von der Post bekomme. Und zum anderen übertreiben Sie, Herr Trepsdorf. Wenn Herr Detlevsen über Sie spricht, habe ich den Eindruck, dass da eine Sympathie von beiden Seiten vorhanden ist. Sie haben einen etwas eigensinnigen Humor, aber der ist mir näher als der von Herrn Detlevsen, aber das weißt er auch. Was die Vorlesungen betrifft, die waren informativ und unterhaltsam. Ich habe zu Herrn Detlevsen noch am selben Abend gesagt, wo wir die Vorlesung hatten, dass Sie ein lustiges Kerlchen sind. Wahrscheinlich kam der Vorschlag für den ‚Selbstmord-Urlaub' im Ebolagebiet bei den Kommilitonen nicht so gut an, aber lassen Sie sich nicht von dem Schreiberling unterkriegen." Kurz darauf begann Sonja Weber, ein paarmal zu niesen. „Also doch Ebola, Frau Weber?" „Nein, Niesen von Januar bis Dezember und das seit dreißig Jahren. Aber wenn Sie so weitermachen, spreche ich mit Herrn Detlevsen. Der hat gerade mit zwei Kumpels ein Unternehmen für Reiseveranstaltungen gegründet. Vielleicht sollte er nicht nur Reiseveranstaltungen für Asiaten machen, die nach Deutschland reisen, sondern auch für Selbstmörder in so genannte Krisengebiete wie zum Beispiel das besagte Ebolagebiet." „Ist das nicht ein wenig übertrieben, Frau Weber? Mein Humor ist zwar eigensinnig, aber längst nicht so schräg wie ihrer." „Das muss ich auch nach Ihrer Diagnose von eben fragen. Ich habe ein paarmal geniest und schon vermuten Sie, dass ich todkrank bin. Mein Humor muss so schräg sein, ich schreibe in meiner Freizeit Krimis."
„Aber ich brauche vor Ihnen keine Angst haben,

Frau Weber?" „Nein, dass brauchen Sie nicht."
„Und schon ein Krimi geschrieben, wo die Hochschule eine Hauptrolle spielt? Wehe ich bin nicht
dabei", drohte Dr. Trepsdorf schalkhaft seiner Ge-
sprächspartnerin und verabschiedete sich von ihr.
Im seinem Büro – wo auch eine studentische Mitarbeiterin saß – las Dr. Trepsdorf das Schreiben
dieser laut vor, was Sonja Weber vorhin aufgeho-
ben hat. „'Bei ihrem Unternehmensplanspiel geht
es um Umsatzzahlen, bei meinem Planspiel um
Morde, Mr. Ebola, Prof. TOD.' Wieder so ein
Spinner", sagte er zu dieser, die ihm diabolisch
anlächelt, was Dr. Trepsdorf falsch deutet … „Ich
werde diesen Brief den ermittelnden Kommissar
geben", so Dr. Trepsdorf und legte das Schreiben
in einer Schublade seines Schreibtischs, was sich
später als schwerwiegender Fehler erwies …

Wieder war eine Lagebesprechung, wo auch der Staatsanwalt Dr. Plasberg mit dabei war. Frank zeigte die beiden Fallmodelle auf. „Zum einem gibt es sieben Personen, die einen Drohbrief erhalten haben und zum anderen sind von den Drohbriefempfängern drei tot. Dieses
sind Gruchmann, Paul und Steinkamp. Bei den anderen
beiden Opfern, Knopfler und Schmidt, handelt es sich
hier um die Dekan-Ambitionen der beiden Opfer. Es sind
also zwei Fälle. Wobei ich sagen muss, dass zwei Droh-
briefopfer auch als Dekan gewählt werden möchten. Es
sind Frau Prof. Dr. Jessen und Herr Prof. Dr. Tel-
lingstedt. Darüber hinaus erhält ein Dr. Trepsdorf Drohbriefe. Er ist kein Professor, warum er diese Briefe erhält, ist nicht klar. In den nächsten Tagen werde ich die-

sen Herrn aufsuchen." „Wie wollen Sie jetzt vorgehen, Herr Rogalla?" „Ich werde in den nächsten Tagen dort das Immatrikulationsamt aufsuchen. Vielleicht gibt es den einen oder anderen Kandidaten, der in einem Fach alle Prüfungsanläufe nicht bestanden hat. Der eine Drohbriefempfänger, Prof. Dr. Detlevsen, hat mich auf die Idee gebracht. Er sagte, eine Studentin hat in seinem Fach noch die letzte Chance, eine Klausur zu bestehen. Wenn die Dame laut der Prüfungsordnung nicht schafft, wird sie exmatrikuliert. Er wusste aber noch nicht den Namen der Studentin."

Prof. Dr. Lars Freiburg holte die Post heraus. Neben der Bekanntmachung, dass ein neuer Fachbereichsrat gewählt werden soll, sämtliche Dienstreiseanträge und Bekanntmachungen als Betreuer oder Gutachter von Abschlussarbeiten hat er noch einen Brief ohne Absender bekommen. Die Post sah er sich in seinem Büro an. Den Brief ohne Absender schmiss er gleich in den Papierkorb, der dann auch Rauch von sich gab. Vertieft in die restliche Post merkte dieser nicht, dass aus dem Papierkorb Flammen kommen. Prof. Dr. Freiburg konnte nicht vernünftig atmen. Selbst aus dem Büro flüchten wollte, merkte er, dass er eingeschlossen wurde. Sein Diensttelefon und sein Handy gingen nicht. Prof. Dr. Freiburg hämmerte gegen die Tür, bis er entkräftet sich auf dem Boden fallen ließ. Studenten, die vorbei liefen, merkten den Rauch gar nicht. Eher wurde Frau Landau, die im Haushalt für die Büromaterialbestellung zuständig ist, auf dem Rauch von Prof. Dr. Freiburgs Büro aufmerksam. Sie rief von ihrem Schreibtisch aus die Feuerwehr, den Krankenwagen und Einar Hausmann von der technischen Betriebs- und Hausverwaltung an. Die Anrufe von Frau Landau kamen zu spät: Prof. Dr. Freiburg starb noch am Tatort an einer Rauchvergiftung. Der Leichnam des Professors wurde gleich abgeführt. Selbst Frank Rogalla, der wieder mit Harry Wehmeyer am Tatort war, war entsetzt. „Das gibt es doch nicht! Es ist Pause und da rennen jede Menge Studenten an diesem Raum vorbei! Da muss doch einer gemerkt haben, dass in diesem Büro Rauch heraus kommt und das Handy zücken! Stattdessen läuft man einfach weiter, als sei es das Normalste auf der Welt, dass aus dem Büro eines Professors Rauch raus kommt!" Frank und Harry hatten genug gesehen und gingen direkt zu der Mitarbeiterin aus dem Haushalt. Frau Landau saß etwas geschockt auf ihrem Bürostuhl, die Kollegin im Zimmer hielt etwas hilflos die Hand von Frau Landau. „Guten Tag Frau Landau, mein Name ist Rogalla. Ich bin von der Mordkommission in Frankfurt. Sind Sie in der Lage mir ein paar Fragen zu beantworten?" Stattdessen antwortet die Kollegin wie ein aufgescheuchtes Huhn. „Sehen Sie das nicht, meine Kollegin kann kaum reden und sie soll Ihnen ein paar Fragen antworten." „Ich denke mir mal, Ihre Kollegin kann für sich selbst sprechen", wies Frank das ‚aufgescheuchte Huhn' zurecht. „Lass' mal, Elena, der Herr muss ja auch seine Pflicht tun und den Mörder finden." „Wenn Du meinst, Anita." Tapfer beantwortet Frau Landau die Fragen des Kommissars und erzählte auch den Vorgang. Wieder ging Frank am Tatort zurück. „Wie sind die ersten Ergebnisse, Dr. Schmidt-Mittelstädt?" „Todesursache ist Tod durch die Rauchvergiftung, alles weitere dazu spätestens in zwei Tagen." „Was kann mir der Kollege von der Spusi[23] erzählen?" „Wir haben zwar die Brandursache und somit auch die so genannte Tatwaffe gefunden, aber das muss sich auch ein Kollege von der Brandermittlung ansehen." „Und wann bekomme ich den Bericht von Ihnen?" „Da sich das der Kollege von der Brandermittlung noch ansehen muss, frühestens in drei Tagen." „Kann man das nicht auf zwei Tage verkürzen?" „Versprechen kann ich nichts, aber wir werden es versuchen. Aus unserer Erfahrung sind die Kollegen von der Brandermittlung nicht die Schnellsten. Die werden sich mit Sicherheit auch hier den Tatort ansehen." Der eigentliche Grund, warum Frank und Harry wieder an der Technischen Hochschule waren, wurde nach hinten geschoben – der Anruf von Prof. Detlevsen wegen der Drohbriefe.

Frau Prof. Wieczorek stand vor dem Verwaltungshaus der Technischen Hochschule und rauchte mit der Fachbereichssekretärin Frau Waldmann eine Zigarette. Vor kurzem hat sie den letzten toten Kollegen – Prof. Dr. Paul – zu seiner letzten Ruhestätte begleitet. Frank brachte die Sachen vom letzten Tatort zum Dienstauto. Anschließend wollte er zu Prof. Detlevsen, der wie das letzte Mordopfer sein Büro im Verwaltungsgebäude hat. Die beiden Damen sahen den Kommissar. Dieses veranlasste Frau Prof. Wieczorek, bei Frank nach dem Ermittlungsstand nachzufragen. „Sagen Sie mal, wann finden Sie den Mörder unserer Kollegen? In letzter Zeit bin ich

---

[23] Spusi = Spurensicherung

mehr in der Kapelle oder auf dem Friedhof als im Hörsaal", so Frau Prof. Wieczorek „Die Ermittlungen laufen noch und deswegen kann ich Ihnen zu der Sache nichts sagen. Aber wenn wir den Mörder gefasst haben, dann werden Sie mehr im Hörsaal als auf dem Friedhof sein." „Danke für die Auskunft. Mein Job ist es nun mal, den jungen Menschen etwas über die Volkswirtschaft zu erzählen und nicht meine Kollegen auf ihren letzten Weg zu begleiten. Für meinen Geschmack passiert es im diesem Semester etwas zu viel."

Prof. Dr. Tchanner war allein in dem Computerraum, um sich für die nächste Vorlesung vorzubereiten. Er merkte nicht, dass jemand den Raum betritt. Prof. Dr. Tchanner ist ziemlich groß geraten, was für die Täterin für ihr Vorhaben im Grunde genommen Schwierigkeiten bereiten könnte. Jedoch saß der Professor und somit hat die Täterin ein leichtes Spiel, ihn zu betäuben. Die Täterin hatte ein Tuch mit Chloroform beträufelt. Sie packte ihn von hinten und stopfte das beträufelte Tuch in seinen Mund. Kurz darauf war der Professor bewusstlos. Sie fesselte den Professor und knebelte ihn. Der Mund wurde mit einem Klebeband zugeklebt. Das Sandwich, das der Professor in der Hand hatte, warf die Täterin in Richtung Whiteboard.

Prof. Dr. Detlevsen und Prof. Dr. Tellingstedt trafen sich an den Postkästen und machten ihre Fächer auf. Wieder so ein anonymer Brief von diesem Prof. Tod. Beide Herren vertraten verschiedene Ansichten zu einem Thema, daher ging der Kontakt zwischen diesen beiden Herren nicht mehr als über einen gepflegten, kollegialen Umgang hinaus. Da beide sich nicht so sympathisch waren, würden sie nie vor dem anderen zugeben, dass sie Angst um ihr Leben haben. Unabhängig voneinander beschlossen sie, diesen Kommissar anzurufen. „Es ist eine gute Gelegenheit, sICH vor dem Tod mit dem Kollegen auszusprechen, den Sie zu Lebzeiten nie mochten, Detlevsen. Der eine mag die SICHerheit, der andere ist ein Freiheitsgeist. Prof. TOD!" „Sprechen Sie sICH mit Detlevsen aus, sonst ist es zu spät! Prof. TOD!" stand auf Prof. Dr. Tellingstedts Drohbrief.

Prof. Detlevsen war noch nicht in seinem Büro. Das war für Frank und Harry die Gelegenheit etwas zu Essen. Das Essen in der Mensa war Frank trotz seines Gehalts auf Dauer zu teuer. Er ließ sich von seiner Schwiegermutter Käsebrote schmieren und diese legte auch ab und zu Obst oder Gemüse rein. Es war gegen zwei Uhr. „Mögen Sie To-?" Frank wollte seinen Mitarbeiter Tomaten anbieten, als ein Wachmann auf die Polizisten zukam. „Hilfe!" „Das mit dem Essen können wir vergessen, Harry", so Frank. „Was ist denn los, Herr Andresen?" sprach Frank den Wachmann an, den er durch das Auffinden der Leiche von Prof. Dr. Schmidt kannte. „Ein Herr sitzt bewusstlos im Computerraum." „Wo?" „Hier, Haus 100, Raum 115." Frank und Harry rannten sofort dahin. „Harry, rufen Sie bitte den Krankenwagen und die Spusi an", sagte Frank, während er sich die Handschuhe anzog. „Herr Tchanner, wachen Sie bitte auf." Frank tätschelte den bewusstlosen Professor auf die Wange. Prof. Dr. Tchanner erlangte wieder das

Bewusstsein. „Alles ok? Wir haben den Krankenwagen gerufen, damit der Arzt Sie noch einmal durchcheckt." Kurz darauf kamen zwei Sanitäter und der Notarzt. „Wer ist der Patient?" Frank zeigte auf dem Professor, den er kurz zuvor befreit hat. Die Kollegen von der Spurensicherung sind auch eingetroffen. „Kümmern Sie sich um den Herrn." Frank zeigte den Notarzt, der sofort Prof. Dr. Tchanner untersuchte. Der Professor ist noch etwas benommen. „Wir nehmen Sie mit, Herr Prof. Dr. Tchanner. Sie kommen nach Königs Wusterhausen ins Krankenhaus und bleiben eine Nacht zur Beobachtung." „Das schöne Sandwich." Prof. Dr. Tchanner sah traurig seinem Mittagssnack nach. „Einige Kollegen mussten ihr Leben in dieser Hochschule lassen, Herr Tchanner, dann ist ihr Sandwich wohl das kleinere Übel. Wenn Sie möchten, können Sie gern mein Käsebrötchen und meine Tomaten haben", bot Frank dem Professor seine Brotdose an, „ich mag keine Tomaten." Der Professor sah Frank etwas benommen an.

Es war wieder ein Dienstag und somit Sprechstunde bei Prof. Dr. Detlevsen. Zuvor wollte Prof. Detlevsen zum Sekretariat, um einiges zu unterschreiben beziehungsweise einige Abschlussarbeiten im Empfang zu nehmen. Auf dem Weg dahin sah er, dass Prof. Tchanner krankgeschrieben ist. „Was ist mit dem Kollegen Tchanner los?" überfiel Prof. Detlevsen Frau Waldmann, die Sekretärin des Dekanats. „Er wurde im Computerraum überfallen und kam danach ins Krankenhaus. Es wurde ihm empfohlen, dass er einige Tage zu Hause bleiben soll." „Hat das mit den anderen Kollegen zu tun, die uns verlassen mussten? War es dieselbe Person, die Herrn Tchanner überfallen und die anderen Kollegen umgebracht hat?" „Da habe ich keine Ahnung, Herr Detlevsen", so Frau Waldmann und wollte ansetzen. „Und davon reichlich", empörte sich Prof. Detlevsen, „Sie müssen doch etwas wissen, Sie sitzen doch an der Schaltzentrale, Frau Waldmann", fuhr Prof. Detlevsen fort. „Das weiß ich nicht. Ich bin Sekretärin, keine Kriminalbeamtin", so Frau Waldmann. „Die Sekretärinnen von heute sind auch nicht mehr das, was sie mal waren", so der Professor, der dabei war, rauszugehen. „Das gilt genauso für die Professoren", sagte Frau Waldmann so laut, dass es auch Prof. Detlevsen hören musste, „besonders seit es den ‚Tatort Münster' mit diesem arroganten Prof. Boerne gibt." Prof. Dr. Detlevsens Laune wurde nicht besser, als er die Studentin vor seiner Bürotür sah, die schon vor der Klausur die Fragen haben wollte. „Ich habe nicht viel Zeit, fassen Sie sich kurz", so Prof. Detlevsen kurz angebunden, als er die Tür aufschloss. „Guten Tag Herr Detlevsen. Wie sieht es mit der Klausur aus?" „Welche Klausur? Ich weiß' nicht, was Sie meinen?" Gleichzeitig betraten Prof. Detlevsen und die Studentin das Büro des Professors. „Die Fragen zu der Klausur?" „Mein Standpunkt hat sich nicht geändert, ich habe Ihnen bereits die Themen genannt." Der Professor hing seinen Kurzmantel in den Schrank. „Gut, wie Sie wollen. Sie werden den Kürzeren ziehen." Die Studentin nahm ihre Sachen. „Da bin ich mir nicht so sicher. Guten Tag." Auf dem Besuchertisch lag ein Stapel mit Belegarbeiten, Dienstreiseanträgen, Mitteilungen über die Betreuung von Abschlussarbeiten und der üblichen Post. Prof. Dr. Detlevsen legte die Abschlussarbeiten auf dem Tisch, die er vorher im Sekretariat von Frau Waldmann angenommen hat, und nahm diesen Stapel auseinander. Dort fiel ein Brief raus. „Eine Hilfestellung hat JEDER verdient! Oder sind Sie unter die Studentenfresser gegangen?! Prof. TOD! P. S.: Haben Sie sICH schon mit Ihrem Kollegen Tellingstedt ausgesprochen? ICH werde mit SICHerheit ein Termin für Sie beide finden!" stand auf dem Brief. Kurz darauf klopfte es wieder. „Ja, bitte?!" forderte Prof. Detlevsen zum Hereinkommen auf. Es war Frank Rogalla. „Guten Tag, Herr Detlevsen. Sie haben mich angerufen, weil Sie bereits den fünften Drohbrief bekommen haben." „Inzwischen ist der sechste Drohbrief eingetroffen", sagte Prof. Dr. Detlevsen und überreichte die zwei letzten Drohbriefe. „Die Studentin, die bei mir das dritte Mal schreiben muss, ist vor fünf Minuten raus." „Und den Namen wissen Sie immer noch nicht?" „Nein, aber ich habe hier einige Listen vom Immatrikulationsamt, da stehen auch die Leute drin, die den letzten Versuch haben." „Wer übt bei Ihnen zurzeit den Dekanposten aus, nachdem die Wahl zum Dekan nicht stattgefunden hat?" „Der Fachbereichsratsvorsitzende." „Und wurde der bisher gewählt?" „Nein, Frau Jessen als Prodekanin leitet weiterhin den Fachbereich." „Das heißt, Sie können jetzt die Genehmigung wegen der Aussage geben?" „Nein, gehen Sie bitte zu Frau Jessen." Prof. Detlevsen rief Frau Jessen an, die auch sofort am anderen Ende war. „Ilka, es geht um eine Aussagegenehmigung, die ich von Dir benötige." „Wieso brauchst Du eine Aussagegenehmigung?" „Es geht hier um dienstliche Belange der Hochschule beziehungsweise des Fachbereichs; da kann ich nicht so ohne weiteres mit Dritten – auch nicht mit dem ermittelnden Kommissar – darüber reden." Prof. Detlevsen übergab Frank Rogalla den Hörer und Frank erklärte es der Prodekanin. „Gut, sagen Sie Herrn Detlevsen, er hat die Genehmigung, ich lass' sie später schriftlich ihrem Kommissariat zukommen." „So, Herr Detlevsen, jetzt können Sie unbefangen reden", sagte Frank zum Professor, nachdem Frank das Gespräch mit der Prodekanin beendet hat. Wenig später rief Prof. Dr. Detlevsen Sonja Weber im Gründerlabor an, die auch sofort rüber kam. „Sonja, könnten Sie bitte die Listen einscannen und diese für Herrn Rogalla ausdrucken?" „In zehn Minuten bin ich fertig." Frank bekam die Listen weit aus schneller. „Vielen Dank Frau Weber. Was schreiben Sie für Geschichten." „In erster Linie Krimis." „Dann haben Sie zurzeit genug Schreibstoff?" „Ja, zurzeit schon." „Dann wünsche ich Ihnen, dass Sie mehr Leser für Ihre Geschichten finden. Ich schreibe Geschichten aus dem wahren Leben und für die interessiert sich leider nur der Staatsanwalt. Auf jeden Fall vielen Dank für die Kopien und viel Spaß beim Schreiben. Auf Wiedersehen." Sonja ging in das Gründerlabor zurück. „Ihre Drohbriefe sehen wir uns auch an, Herr Detlevsen. Andere Frage: Wie kamen Sie mit dem Kollegen Freiburg klar?" Prof. Dr. Detlevsen guckte den Kommissar leicht verwirrt an. „Wir waren auf dem Weg zu Ihnen, als es hieß, dass es wieder einen Mord gab – an Prof. Dr. Freiburg. Er ist gerade an einer Rauchvergiftung gestorben." „Ich kann nichts Gegenteiliges über den Kollegen sagen. Ich kam mit ihm gut aus." „Vielen Dank und auf Wiedersehen", verabschiedete sich Frank.

Frank sah auf die Uhr. Es war kurz nach halb fünf und das Immatrikulationsamt hatte bereits geschlossen. Er beschloss, erst einmal in das Büro zu fahren. Dort sind neben dem Fall noch die Schichtpläne für den kommenden Monat zu erstellen. Da Robert Lehmann das Studium für den gehobenen Polizeidienst aufgenommen hat, muss Frank auch noch die Vorlesungszeiten seines Kollegen berücksichtigen. Dann muss verstärkt Herr Jungheinrich herangezogen werden, nur dieser ist seit diesem Fall wegen eines Bandscheibenvorfalls dauernd krankgeschrieben. Nächste Woche Montag sollte Herr Jungheinrich wiederkommen, nur Robert Lehmann ist bei der Polizeischule in Potsdam. Bisher hat Frank noch nichts gehört, ob Herr Jungheinrich zum Dienst erscheint. Im Büro fand Frank einen handgeschriebenen Zettel von Frau Schmidt vor, auf dem die gewünschte Information stand. Kurz vor halb neun war auch Frank fertig. In der Nähe des Präsidiums gab es eine Imbissbude, wo Frank sich noch neben der Currywurst mit Pommes ein Bier gönnte. Da er wie am diesem Tag außer nach Wildau mit den öffentlichen Verkehrsmitteln unterwegs war, konnte er den Hopfensaft genießen. Gleichzeitig mit seiner Frau kam auch Frank nach Hause. „Gab' es in Wildau in der Mensa nichts zu Essen, dass du wieder die Imbissbude bereichern musst?" „Erstens kam ich nicht zum Essen und das Essen bei uns in der Kantine kannst du eher gegen die Wand schlagen. Zweitens machen die auch gegen sieben Uhr zu. Wo ist denn Steffi?" „Die ist im Wohnzimmer und erzählt meiner Mutter vom Kindergartentag." Frank und Ulrike gingen auch in das Wohnzimmer, wo Steffi erzählte, das sie mit den anderen Mädchen im Kindergarten ‚Krankenhaus' gespielt hat, dennoch war die Jüngste sehr müde. „Steffi, willst Du mal nicht langsam ins Bett?" fragte Frank. „Papi", rief Steffi. „Nö", antwortet sie darauf, doch die Augen waren sehr klein. Kurz darauf schlief sie auf dem Sofa ein. Frank brachte seine jüngste Tochter gleich ins Bett. Ulrike und Charlotte nutzten Franks Abwesenheit für ein Mutter-Tochter-Gespräch. Kurz darauf kam auch Frank wieder runter und gähnte. „Hat Steffi dich angesteckt?" fragte Charlotte. „Das wird wohl eher das Bier im Imbiss sein, was Frank sich heute Abend gönnte", meinte Ulrike. „Ich denke mir mal, das war beides, ich gehe ins Bett. Gute Nacht Schatz. Gute Nacht Charlotte." „Wo ihr zu Besuch ward, habe ich es nicht so gesehen, weil er immer so einen angespannten Eindruck gemacht hat. Aber jetzt sehe ich es, dass er gut zu dir und euren Töchtern ist. Er ist jetzt auch viel entspannter, seit ihr hier in Frankfurt seid." „Er wurde älter und bei den Beförderungen immer übergangen, dafür bekam er Chefs, die jünger waren und eine große Klappe hatten. Frank hatte darüber hinaus primitive Taschendiebstähle zu bearbeiten. Das war nicht gerade anspruchsvoll für jemanden, der das erste Staats-examen in Jura abgeschlossen hat. Frank war innerhalb von einer Woche damit durch. Er wollte immer zur Mordkommission und jetzt ist er der Leiter der hiesigen. Er hat jetzt sein Ziel erreicht. Mutti, ich bin auch müde, es war auch für mich ein langer Tag."

Frank traute seinen Ohren nicht, als er Geigenklänge außerhalb der Pathologie hörte. Er klopfte zweimal, hörte jedoch keine Antwort. „Herr Dr. Schmidt-Mittelstädt, hören Sie bitte mit dem Geigenspiel auf, Sie wecken noch die Toten auf." „Ich habe mich bei einer kleinen Gruppe für Hausmusik angeschlossen und da habe ich heute in einer Woche ein Vorspiel." „Ich bin kein Klassik-Kenner, doch mir tun bei diesem Gefiedel die Ohren weh. Diesen Menschen, denen Sie das vorspielen, wird es auch nicht anders ergehen. Sie haben immer noch eine Woche zum üben. Nutzen Sie diese. Ich kann Ihnen einen Praxisraum von meinen verstorbenen Schwiegervater anbieten, da können Sie gerne üben. Gut, zurück zu den Toten, die leider trotz dieses Gefiedels nun doch nicht aufgewacht sind. Wenn ich mal sterben sollte, hoffe ich, dass ich nie bei Ihnen lande. Ihre Katzenmusik ist für mich als Lebendigen schwer zu ertragen, das muss ich mir nicht auch noch als Toter antun." „Dann müssen Sie Ende siebzig sein und eines natürlichen Todes sterben, dann landen Sie nicht bei mir. Zurück zu dem toten Professor", ermahnte der Gerichtsmediziner und erklärte Frank die Todesursache. Der Polizeipräsident machte Frank Druck, denn es waren sechs tote Professoren und keine Anhaltspunkte – außer diesen anonymen Schreiben. Frank war irgendwie genervt, denn kaum wollte er mit der Ermittlung des einen Toten beginnen, schon wurde seinem Team und ihm ein neuer toter Professor präsentiert. Alle – bis auf den letzten Toten – wurden erschossen. Der letzte Tote ist an dem Rauch des Feuers in seinem Büro erstickt. Frank beschloss, alle Professoren in den Fachbereichen ‚Betriebswirtschaft/Wirtschaftsinformatik' und ‚Wirtschaft, Verwaltung und Recht' zusammen zu rufen.

Sonja Weber musste ein Paket aus der Pförtnerei für Prof. Detlevsen abholen, da blieb es nicht aus, dass sie mit der Pförtnerin – Frau Pintrowski – ein Gespräch führte. „Kriegt Herr Detlevsen auch diese Drohbriefe, Frau Weber?" „Ja, da kann er auf einmal sehr streng werden. Da fordere ich das über die ganzen Jahre und dann passiert nichts. Plötzlich taucht da so ein komischer Prof. Tod auf und schon wird er zum autoritären Menschenfresser." „Sie wollen doch, dass er streng wird, Frau Weber", konstaltierte Frau Pintrowski. „Ja, aber das er es von sich aus macht und nicht fremdbestimmt." Es klingelte das Telefon, am anderen Ende war die Dekanin des Fachbereiches Betriebswirtschaft/Wirtschaftsinformatik– Frau Prof. Dr. Jessen – und wollte eine bestimmte Durchwahl. Als Frau Pintrowski fertig war, fragte Sonja Weber, ob es sich um Dr. Trepsdorf handelt, von dem Frau Prof. Dr. Jessen die Durchwahl haben wollte. Frau Pintrowski bestätigte dieses mit einem Kopfnicken. „964 ist die Durchwahl von Herrn Trepsdorf. Ich habe hin und wieder mal als Seminargruppensprecherin mit ihm zu tun und da rufe ich nun mal den Mann an." „Das hätten Sie mir gleich sagen können, Frau Weber." „Ich wusste nicht, dass es sich um Herrn Trepsdorf handelt und ich kann nicht in einem Telefongespräch eingreifen." Frau Pintrowski gab Sonja Weber schweigend recht. Vom Zimmer aus, das als Pförtnerloge diente, sah man auch, wer das Haus 13 betrat und wer rausging. Neben Herrn Elbe, dem Bauleiter der Hochschule, war noch ein weiterer Herr, der wohl auch die Fünfzig überschritten hat. Für einen Mann hatte Herr Elbes Begleitung eine normale Körpergröße, war aber etwas fülliger. „Der Herr neben Herr Elbe ist Herr Kolberg, der ist für den Arbeitsschutz zuständig und nur mittwochs da." „Und ich dachte, dass sei Herr Trepsdorf." „Frau Weber, Herr Trepsdorf ist aber größer und schlanker." „Frau Pintrowski, an Herrn Trepsdorf habe ich bewiesen, dass ich ein gutes Zahlen-, aber ein grausiges Gesichtsgedächtnis habe und so oft sehe ich Herrn Trepsdorf auch nicht." „Jeder hat seine Stärken und Schwächen, Frau Weber", tröstete Frau Pintrowski Sonja Weber. Gleichzeitig fand auch ein Gespräch zwischen Prof Detlevsen und Herrn Trepsdorf vor Haus 14 statt. Seit einigen Wochen ist Frau Feuert nicht mehr im Dienst. Zurzeit plant Dr. Trepsdorf für das kommende Sommersemester. Die Planung umfasst den Einsatz von Professoren und Lehrbeauftragten für die Vorlesungen in den drei Studiengängen – also für insgesamt vierzehn Seminargruppen. Statt Frau Feuert sitzt ein anderer Kollege in der Stundenplanung und soll nun die Stundenpläne für das kommende Semester erstellen. Dr. Trepsdorf trauerte der Zusammenarbeit mit Frau Feuert nach. Dieses ließ er bei einem Gespräch mit Prof. Detlevsen anklingen, indem er sein Leid klagt. „Die Zusammenarbeit mit Frau Feuert funktionierte wenigstens, aber sie ist nun mal nicht mehr an dieser Hochschule. Stattdessen treffe ich auf eine zweibeinige Jammer-Stöhn-Aktion, die mir vorheult, dass er mindestens zehn Stunden am Tag arbeitet und seine Überstunden sich im dreistelligen Bereich befinden. Da muss ich mal ausnahmsweise diesen Prof. Tod loben: Gegen den Vertreter von Frau Feuert ist dieser Drohbriefschreiber geradezu ein Workaholic. Der bringt seine Energie und Kreativität beim Schreiben der

Drohbriefe ein und beklagt sich nicht einmal, dass seine Überstunden zu hoch sind", beendete Dr. Trepsdorf seine Leidensgeschichte und zog wieder an seiner Zigarillo. „Ich vermute, dass dieser Drohbriefschreiber mit dem Namen Prof. Tod eine Studentin von mir ist. Wenn ich mit meiner Vermutung richtig liege, dann muss sie demnächst bei mir im dritten und letzten Anlauf ‚Personal und Organisation' schreiben. Sie sollte mal lieber die Zeit für die Prüfungsvorbereitung investieren anstatt die Kollegen und mich in Angst und Schrecken zu versetzen." „Was machen Sie mit mir, Herr Detlevsen? Müssen Sie mir die Illusion nehmen, was diesen Prof. Tod betrifft?" Dr. Trepsdorf sah Prof. Detlevsen bestürzt an …

Es war später Nachmittag und Dr. Trepsdorf, der vor einer viertel Stunde von einer mündlichen Prüfung kam, war ein wenig verärgert. Wieder hat ihn ein Student angesprochen, dass seine Folien nicht in der hochschuleigenen Lernplattform zu finden sind. Eine seiner studentischen Mitarbeiterinnen war für diese Aufgabe verantwortlich – nur die „Dame" will ihre Aufgaben nicht erfüllen! Noch am Vormittag wurde Dr. Trepsdorf informiert, dass der Vertrag zwischen der Studentin und der Hochschule aufgelöst wird. „Warum haben Sie die Vorlesungsfolien von mir nicht auf Moodle[24] hochgeladen?! Die Studenten warten seit zwei Wochen darauf und sprechen mich schon täglich, um nicht zu sagen, fast stündlich darauf an!!" Die Post, die er nach der Prüfung von seinem Postfach holte,

---

[24] Name der Lernplattform, siehe auch Fußnote 19

knallte er auf dem Tisch, die studentische Mitarbeiterin guckte Dr. Trepsdorf geradezu teilnahmslos an. „Können Sie auch etwas anderes als mich teilnahmslos anzugucken? Ihre Passivität bei der Aufgabenerfüllung verbessert auch nicht die Qualität meines Arbeitstages!!" machte Dr. Trepsdorf seinen Ärger Luft. „Das ist doch Ihr Problem, Herr Trepsdorf, nicht meins." Dr. Trepsdorf schaute die Studentin an, holte Luft und setzte sich hin. So viel Unverschämtheit ist ihm in den ganzen Berufsjahren – auch bei der Telekom – nicht untergekommen! „Zu Ihrer Information: Für den Rest des Monats brauchen Sie nicht zu kommen und der Vertrag mit der Hochschule wird auch zum Ende des Monats beendet. Sie können gehen", so Dr. Trepsdorf eher tonlos, obwohl es innerlich bei ihm brodelte. Die Studentin verließ mit den Worten „Sie werden es noch bereuen, Herr Trepsdorf" den Raum. Dr. Trepsdorf hörte die Drohung seiner inzwischen ehemaligen Mitarbeiterin, wandte sich aber seiner Arbeit zu. Er hatte sowohl als Dozent als auch als Studiengangsprecher genug zu tun und kann die Unterstützung von studentischen Mitarbeitern gut gebrauchen. Auf der anderen Seite können die studentischen Mitarbeiter ihre Kompetenzen erwerben und erweitern – nur es will nicht jeder Studierende die Chance nutzen ... Dr. Trepsdorf sagte das, was gesagt werden muss, und lies sich nicht die Laune verderben. In der Teeküche hatte er noch ein Becher Kaffee mit Milch stehen, der noch kalt werden muss. Nach gut einer Stunde wollte er das kaltgewordene Koffeingetränk holen, was er auch umsetzte, nur zum Trinken kam er nicht mehr … Frau Prof. Dr. Katzenberger war gut gelaunt auf dem Weg zum Labor, wo Drei-D-Modelle erstellt werden. Darunter waren auch Modelle, die im Auftrag eines großen Autoherstellers erstellt wurden. Am Eingang des Labors, das zu den Auftragsmodellen führte, trat Frau Prof. Katzenberger auf etwas und hörte was knacken. Sie ging ein Schritt zurück und sah die tote Maus. Da diese Modelle kurz hinter der Tür standen und Frau Prof. Katzenberger nur mit einem Bein fest auf dem Boden stand, verlor sie das Gleichgewicht und fiel direkt auf die Auftragsmodelle. Diese wurden so beschädigt, dass man sie nicht mehr an den Autohersteller übergeben kann. Weniger die tote Maus als die kaputten Drei-D-Modelle veranlassten Frau Prof. Katzenberger zu schreien und rannte auch so zurück in die Richtung ihres Büros, ohne auf die Umgebung zu achten. Dieses bekam auch Dr. Plessing zu spüren, der ein paar Projektordner trägt. Von der Größe her war Dr. Plessing selbst eher von normaler Statur und vollschlank. Dr. Plessing wurde von Frau Prof. Dr. Katzenberger sozusagen an die Wand geschleudert und die Ordner ihm fielen aus der Hand. Dr. Trepsdorf sah das Unheil und ging mit seinem Becher Kaffee zu den Stehtischen im Foyer, um diesen dort abzustellen. Anschließend half Dr. Trepsdorf den Kollegen beim Aufsammeln der Projektordner. „Haben Sie keine junge Kollegen, die Ihnen beim Tragen der Ordner helfen könnten?" fragte Dr. Trepsdorf seinen Kollegen beim Aufsammeln. „Entweder sind sie schwanger oder sie haben Rücken", so Dr. Plessing trocken, „vielen Dank." In der Zeit, wo die beiden älteren Herren die Ordner aufsammelten, nutzte ein Student die Gunst der Stunde und trank Dr. Trepsdorfs Kaffee aus. Dr. Trepsdorf begleitet Dr. Plessing bis zum Foyer, um sein Kaffee zu holen. „Mein schöner Kaffee. Der war der einzige Lichtblick, auf dem ich mich seit heute Nachmittag gefreut habe", trauerte Dr. Trepsdorf seinen „gestohlenen" Kaffee hinterher. „Ich lasse Ihnen einen neuen Kaffee bringen, denn schließlich haben Sie mir geholfen. Wie trinken Sie den Kaffee und wo finde ich Sie, Herr -?" „Trepsdorf, ich trinke den Kaffee mit Milch und mich finden Sie hier im Raum 2019."

„Guten Tag, meine Damen und Herren, mein Name ist Frank Rogalla und ich bin von der Mordkommission in Frankfurt. Im Laufe dieses Semesters sind einige Ihrer Kollegen ermordet worden. Teilweise haben diese auch Briefe von einem Prof. Tod bekommen. Auffällig bei diesen Briefen sind die Schreibweise des Personalpronomen ‚ICH' und die Unterschrift ‚Prof. TOD'. Egal wo das Wort ‚ICH' auftaucht, wird dieses groß geschrieben, auch wenn es Bestandteil eines anderen Wortes ist. Ebenso wird das Wort ‚TOD' auch mit Großbuchstaben geschrieben. Sie sehen es hier an der Wand. Es gibt auch Kollegen unter Ihnen, bei denen es auch zutrifft. Wenn Sie einen Brief von diesem Prof. Tod haben, sagen Sie es mir bitte. Ich komme zu Ihnen und hole die Briefe ab. Gleichzeitig nehme ich auch von Ihnen die Fingerabdrücke, um Sie vom Verdacht auszuschließen." Frank hatte es geschafft, einen Termin zu finden, wo viele Professoren aus den beiden Fachbereichen teilnehmen konnten.

Im einen Seminarraum des Hauses 15 an der Technischen Hochschule hat Frank den Beamer und den Laptop aufgebaut, um die Schreibweise dieses „Professors" besser zu erklären. Es hatten einige Professoren auch die anonymen Schreiben mitgebracht, einige hatten die Briefe in der Schreibtischschublade untergebracht, weil sie irgendwann zur Polizei gehen wollten, und einige haben die Briefe einfach weggeschmissen, weil sie sich mit dem „anonymen Dreck" nicht befassen wollen ... Die zwei Kollegen von der kriminaltechnischen Untersuchung, die Frank begleitet haben, nahmen die Briefe mit und nahmen von allen anwesenden Professoren die Fingerabdrücke. Frank nahm eine Pinzette, ein paar Tüten und Handschuhe mit, um die Briefe von den Professoren mitzunehmen. Gleichzeitig befragte er die Professoren, wie viel Briefe sie von dem „Kollegen" bekommen haben. Die Aktion nahm den ganzen Nachmittag in Anspruch. Am Abend gab er noch die restlichen Tüten bei den Kollegen der kriminaltechnischen Untersuchung ab, damit sie die Fingerabdrücke bei den eingesammelten Briefen untersuchen können. Frank schrieb über diese Professorenversammlung noch einen Kurzbericht. Die Professoren, die nicht da waren, musste er persönlich noch einmal aufsuchen. Bei dieser Gelegenheit ging er auch in das Immatrikulationsamt, wo er die Namen der Studenten erfragte und ob die Studenten vor dem Betriebswirtschaftsstudium ‚Wirtschaft und Recht' studiert haben. „Tut mir Leid, Herr Rogalla, ich darf Ihnen keine Auskunft erteilen – wegen dem Datenschutz. Ich muss zuerst meinen Vorgesetzten, Herrn Winter, befragen", so die Dame vom Immatrikulationsamt. „Dann machen Sie es bitte, Frau Iversen." Frau Iversen rief ihren Vorgesetzten an, der auch sofort in ihr Büro kam. Frank erklärte das Ganze noch einmal. „Warten Sie bitte, bis Sie eine schriftliche Genehmigung von uns bekommen." „Wenn Sie sich wegen Verhinderung der Ermittlungen strafbar machen wollen, bitte. Es ist Ihnen überlassen, ob Sie Post von der Staatsanwaltschaft bekommen wollen." Herr Winter war im diesem Fall entscheidungsschwach und rief wiederum seinen Vorgesetzten, den Kanzler, an. Dieser ordnete sogar per Telefon noch an, die von Frank gewünschten Unterlagen heraus zugeben. „Gut, Frau Iversen, geben Sie den Herrn die gewünschten Informationen", sagte Herr Winter resigniert und ging gleich heraus. „Haben Sie von den Studenten eine Adresse?" fragte Frank Frau Iversen gleich. „Herr Rogalla, Sie kriegen es gleich in ausgedruckter Form." Frank fuhr auch gleich mit den Ausdrucken nach Frankfurt in sein Büro. Dort pinnte er diese an eine Stellwand, die für die Informationen für den Fall zur Verfügung steht, und sah sich die ausgedruckten Zettel an. Dort standen alle Daten der Studierenden, einschließlich die Gründe, warum die Studierenden exmatrikuliert wurden. Während über den anderen Studenten keine Auskunft stand, stand bei Katharina Bischoff, dass sie drei Klausuren – die erste Klausur und die zwei Wiederholungsklausuren – in den Fächern 'Wirtschaftsrecht II' und 'Controlling' eine Fünfkommanull geschrieben hat und somit für den Studiengang „Wirtschaft und Recht" exmatrikuliert wurde. Auf den Zetteln stand nur die Heimatadresse und nicht, wo die Verdächtigte zurzeit wohnt, allerdings auch die Seminargruppe. Frank suchte auf den Webseiten der Hochschule den Stundenplan für die Seminargruppe heraus und beschloss, am nächsten Tag diese Gruppe aufzusuchen. Vorher wollte er nur noch eins: nach Hause zu seiner Familie …

Prof. Dr. Detlevsen hatte eine Nachricht von der Bibliothek erhalten, dass zwei Neuerscheinungen von zwei bestimmten Büchern erschienen sind. Er gab Sonja Weber die Bücher mit dem Auftrag, die alten Bücher abzugeben und die neuen Bücher dafür mitzubringen. Sonja Weber ging mit den Büchern zur Bibliothek. Dort musste sie feststellen, dass bei seinem Bibliothekskonto Unstimmigkeiten aufgetaucht waren. So kehrte sie ohne die neuen Bücher zurück. „Wo sind die neuen Bücher?" „Die habe ich abgegeben", so Sonja Weber ruhig. „Sie sollten doch mit den neuen Büchern kommen, die brauche ich!!" so Prof. Detlevsen. „Ja, als Staubfänger, da haben Sie völlig recht", sagte Sonja Weber trocken, während Prof. Detlevsen dabei war, aus dem Raum zu rennen. „Sie sind in letzter Zeit der totale autoritäre Menschenfresser geworden." „Sie wollen, dass ich strenger werde, Sonja", so Prof. Detlevsen. „Ja, aber intrinsisch[25] von sich aus, nicht extrinsisch[26] durch einen gewissen Prof.

---

[25] Intrinsisch: Von innen her, aus eigenem Antrieb durch Interesse an der Sache erfolgend, Aus: O. V.: Ranking, aus: Duden – das Fremdwörterbuch, Duden Verlag, 9. Auflage, Mannheim 2007, S. 474
[26] Extrinsisch: von außen her angeregt, nicht aus eigenem innerem Anlass erfolgend, sondern aufgrund äußerer Antriebe, Aus: O. V.: Ranking, aus: Duden – das Fremdwörterbuch, Duden Verlag, 9. Auflage, Mannheim 2007, S. 307

Tod", sagte Sonja sehr deutlich und fügte hinzu: „Sollte ich einmal diesen Prof. Tod begegnen, möchte ich ihn oder sie am liebsten in einzelne Stücke zerlegen – vornehmer ausgedrückt: filetieren."

Am nächsten Tag betrat Prof. Dr. Detlevsen das Dekanat des Fachbereichs Betriebswirtschaft/Wirtschaftsinformatik. Er sollte einige Abschlussarbeiten abholen. Die Zahl konnte Frau Waldmann nicht vorher genau sagen. „Guten Tag Frau Waldmann, wo sind denn die Abschlussarbeiten, die ich abholen soll?" Frau Waldmann knallte die Abschlussarbeiten kommentarlos auf dem Tresen. Es waren fünf Bücher. „Das wird ja immer mehr", echauffierte sich Prof. Dr. Detlevsen, „nächstes Mal sagen Sie mir vorher Bescheid, damit ich bei Frau Pintrowski den Wagen dafür holen kann." „Meckern Sie nicht so herum, Herr Detlevsen. Wir können gerne den Job tauschen. Ich mache für Sie die Gutachten der Abschlussarbeiten und Sie hören sich das Gemecker ihrer Kollegen an, das ich mir tagtäglich – insbesondere von Ihren Kollegen und Ihnen – anhören darf! Herr Trepsdorf hat weitaus mehr an Abschlussarbeiten als Sie. Bei den Studierenden sind Herr Trepsdorf und Sie die Favoriten, was die Betreuung oder die Begutachtung von Abschlussarbeiten betrifft." „Herr Trepsdorf hat im Gegensatz zu mir keine Frau Weber mit einem grottenschlechten Gesichtsgedächnis. Wenn das so weitergeht, erkennt Frau Weber mich nicht mehr, wenn ich die Arbeiten durchgelesen und in dem Schrank verstaut habe." Hier wollte Prof. Detlevsen gegenüber der Fachbereichssekretärin nicht klein beigeben. „Wollen Sie die Arbeiten nun mitnehmen oder nicht? Ihr Name ist nun mal bei den Deckblättern dieser Arbeiten entweder als Betreuer oder als Gutachter zu finden." „Na toll, zuerst muss ich mir von Frau Weber anhören, dass ich mich bei Herrn Hausmann als Hausmeister bewerben soll und dann kommen Sie mit der Empfehlung um die Ecke, dass ich Sekretärin des Fachbereichs werden soll." „Sie heulen doch die ganze Zeit rum, nicht ich. Nehmen Sie sich mal ein Beispiel an Herrn Trepsdorf, der muss mehr Abschlussarbeiten lesen als Sie, Herr Detlevsen", beendet diese und zeigte den Stapel Abschlussarbeiten, den der Kollege durchzulesen hat. Der Stapel Abschlussarbeiten von Dr. Trepsdorf — es waren in etwa zwölf Stück – war in etwa doppelt so groß als der Stapel von Prof. Detlevsen. Da hatte Prof. Detlevsen keine Chancen und musste sich gegenüber Frau Waldmann geschlagen geben. Die Sekretärin hatte nicht nur die besseren Argumente, sondern auch zu Recht Mitleid mit Dr. Trepsdorf. Danach entstand eine kurze Pause, anschließend setzte Prof. Detlevsen wieder an: „Sie haben mich überzeugt, dann geben Sie mal bitte das Buch", sagte Prof. Detlevsen und unterstrich seine Forderung mit einer entsprechenden Handbewegung.

Zehn Minuten später betrat Dr. Trepsdorf das Dekanat. Frau Waldmann erzählte ihm von der Versammlung der Frankfurter Polizei. Sie wusste, dass auch Dr. Trepsdorf inzwischen einige Drohbriefe erhalten hat. Die ersten beiden Drohbriefe wurden von ihm vernichtet, in dem er das Schreiben entweder in den nächsten Mülleimer geschmissen beziehungsweise mit seinem Feuerzeug verbrannt hatte. Die weiteren Drohbriefe hat er in einer Schublade seines Schreibtisches reingelegt und wollte diese Briefe bei Gelegenheit den Kommissar zukommen lassen. „Sagen Sie, Frau Waldmann, Frau Bischoff hat bei Ihnen im Sekretariat gearbeitet", begann Dr. Trepsdorf zu fragen. An Frau Waldmanns Gesicht sah er, dass Frau Waldmann mit der studentischen Mitarbeiterin nicht unbedingt zufrieden war und lies es mit den weiteren Fragen, die ihm auf der Zunge lagen. Zum anderen war dies Geschichte, denn der Vertrag mit dieser Studentin wurde bereits aufgelöst. „Dafür habe ich noch ein paar Abschlussarbeiten für Sie, Herr Trepsdorf." „Frau Waldmann, was machen Sie mit mir?" „Ich mache nichts mit Ihnen, das waren die Studenten", so Frau Waldmann trocken. Es klopfte an der Tür. Nach der Aufforderung von Frau Waldmann betrat Frank Rogalla den Raum. „Das ist der Kommissar, der die Ermittlungen an der Hochschule leitet, Herr Trepsdorf." Dr. Trepsdorf, der die Entgegennahme der Arbeiten quittierte, richtete seinen Blick zur Tür. Frank ging auf dem Fremden zu und die beiden Herren stellten sich vor. „Könnten Sie mir bitte ein paar Arbeiten abnehmen, Herr Rogalla?" Frank nahm die Hälfte von Dr. Trepsdorfs Abschlussarbeiten und trug diese bis zum Ziel. Auf dem Weg stellte Frank Dr. Trepsdorf einige Fragen. „Wieso bekommen Sie Drohbriefe, Herr Trepsdorf. Sie sind kein Professor?" „Das wundert mich auch. Ich weiß es nicht. Ich weiß nur, dass ich mit einer studentischen Mitarbeiterin nicht zufrieden bin und ich dessen Kündigung beim Personalamt veranlasst hatte. Sie arbeitet auch seit diesem Monat nicht mehr bei mir." „Wie viele studentische Mitarbeiterinnen haben Sie zurzeit?" „Zurzeit zwei studentische Mitarbeiterinnen. Im letzten Monat waren es drei, nur die eine musste ich kündigen." „Halten Sie auch Vorlesungen ab?" „Ja, das mache ich ab und zu, das ist neben dem Lesen der Abschlussarbeiten sozusagen ein Nebenjob, wobei das Lesen und Begutachten der Abschlussarbeiten sich langsam, aber sicher zum zweiten Fulltimejob entwickelt. Als ausgewiesener Marketingexperte ist es mein Hauptjob, Lehrbeauftragte zu überzeugen, dass diese Seminare im berufsbegleitenden Studium abhalten. Offiziell bin ich der Studiengangsprecher für die beiden Präsenzstudiengänge und den berufsbegleitenden Studiengang der Betriebswirtschaft verantwortlich." Frank sah Dr. Trepsdorf fragend an. „Was bereitet Ihnen da Schwierigkeiten? Sie gehen mit einer Ironie an die Sache heran." „Bei dem Präsenzstudium habe ich kein Problem, Professoren und Lehrbeauftragte für die Seminare zu bekommen. Die Schwierigkeiten tauchen bei dem berufsbegleitenden Studium auf, denn die Seminare finden in der Regel samstags und am Ende des Semesters in der Blockwoche statt. Die Blockwoche ist die erste Woche der Prüfungszeit im Präsenzstudium und da sind die Chancen größer, einen Lehrbeauftragten für eine Vorlesung zu gewinnen. In einigen Fächern bin ich dort auch als Lehrender tätig und es gibt auch Kollegen, die freiwillig samstags Seminare abhalten. In der Regel ist Überzeugungsarbeit bei den Kollegen angesagt, denn da will niemand los. Die Ausreden und Gründe, die ich von den Lehrenden zu hören bekomme, möchte ich Ihnen ersparen, Herr Rogalla", setzte Dr. Trepsdorf fort. Frank sah die Resignation seines Gesprächspartners. Dr. Trepsdorf wollte dieses Problem mit einer Ironie runter spielen. Darüber hinaus wurden die sechs Abschlussarbeiten, die Frank für Dr. Trepsdorf trug, immer schwerer. In Dr. Trepsdorfs Büro angekommen, öffnet dieser die Schublade seines Schreibtisches und suchte nach diesen anonymen Schreiben, die unauffindbar waren. Frank legte die Arbeiten auf dem Tisch, der an Dr. Trepsdorfs Schreibtisch stand und frei war. Dr. Trepsdorf bedankte sich bei Frank. Die Post, die Dr. Trepsdorf von Haus 13 mitgenommen hat, hatte bisher keine Beachtung von Dr. Trepsdorf gefunden, denn die Aufmerksamkeit galt dem Kommissar. Die Post selbst lag auf dem Schreibtisch, an oberster Stelle ein anonymes Schreiben. „Ich hatte die Schreiben – die ich nicht vernichtet habe – in meinem Schreibtisch gelegt, Herr Rogalla." „Ganz ruhig, Herr Trepsdorf. Sie haben wieder ein Schreiben bekommen, das ich mitnehmen werde. Das wievielte Schreiben ist es?" „Ich glaube, es ist das vierte oder fünfte Schreiben. Die ersten beiden Schreiben habe ich vernichtet, weil ich diese nicht für voll genommen habe", so Dr. Trepsdorf mit tonloser Stimme. Dieser wusste von Prof. Detlevsen, dass die bisher ermordeten Kollegen sechs Drohbriefe bekamen, bevor diese starben. Dr.

Trepsdorf bekam es mit der Angst zu tun. „Warum ich? Ich habe keine Professur!" sagte dieser verärgert. Er lehnte sich erschöpft an den Schrank nahe seines Schreibtisches, Resignation machte sich bei ihm breit. Frank nahm das anonyme Schreiben von dem Poststapel und las es. „Hier steht etwas von Mr. Ebola, was ist damit gemeint?" „Ich werfe bei meinen Vorlesungen ab und zu mal das Wort ‚Ebola' in den Raum. Ich bin seit einigen Jahrzehnten auf dieser Welt und habe mir nicht sagen lassen, wie ich mein Leben und später meine Vorlesungen zu gestalten habe! Ich werde mir auch in Zukunft von diesem komischen Prof. Tod nicht sagen lassen, was ich zu tun oder zu lassen habe! Wenn ein Student das Entertainment in meinen Vorlesungen nicht passt, dann soll er es mir persönlich sagen und nicht mich hinten herum als ‚Mr. Ebola' betiteln!" Die Resignation und Erschöpfung musste der Wut bei Dr. Trepsdorf weichen, denn dieser war eher über diesen Briefeschreiber verärgert. „Im meinem nächsten Leben werde ich Türsteher bei den ‚Hells Angels' oder bei den ‚Los Banditos', dann gehören diese Art von Bedrohungen zum operativen Tagesgeschäft", so Dr. Trepsdorf ironisch. „Bitte lassen Sie die Namen Ihrer studentischen Mitarbeiterinnen zukommen, Herr Trepsdorf", sagte Frank und gab Dr. Trepsdorf die Visitenkarte.

Zuhause wurde Frank Rogalla gleich von seiner Schwiegermutter empfangen. „Sag mal, Frank, da ist einer in Horsts Praxis und macht mit der Geige Krach. Er sagt,

Du hättest das erlaubt und die Schlüssel zu den Räumen gegeben." „So was blödes auch, dass habe ich Dir ganz vergessen zu sagen. Das ist unser Gerichtsmediziner Dr. Schmidt-Mittelstädt. Er hat nächste Woche ein Vorspiel bei irgendwelchen Hausmusikanten und wollte nicht in der Wohnung üben." „Weil sich die Nachbarn beschweren könnten? Da haben sie im diesem Fall vollkommen recht, ich würde mir das Gefiedel auch nicht anhören wollen. Kann er das nicht in der Gerichtsmedizin machen?" „Das ist sein Arbeitsplatz, Charlotte." „Dann weckt er mit dem Gefiedel wenigsten die Toten auf und die können Dir sagen, von wem sie ermordet wurden, gerade jetzt bei den sechs Professoren, die in Wildau zum Opfer fielen." „Er hat in der Gerichtsmedizin bereits gefiedelt und die Fiedelei hat nichts bewirkt: Die Toten bevorzugten, ihren Zustand nicht zu ändern und sind nicht wach geworden. Dein Wunsch hat sich nicht erfüllt. Aber was die Wildauer Opfer betrifft, sind wir nah dran." „Ach, sind die wach geworden?" „Nein, aber wir sind nah an der Lösung."

Am nächsten Tag befragte Frank die Seminargruppe von der Katharina Bischoff. Diese Seminargruppe hatte eine Vorlesung bei Prof. Dr. Seemann in Controlling. „Guten Morgen Herr Seemann, entschuldigen Sie bitte die Störung. Ich möchte eine Studentin aus dieser Seminargruppe befragen. Ist Frau Bischoff heute hier?" „Nein", antwortet eine Studentin für den verdutzten Professor. „Kennen Sie die Kommilitonin etwas näher?" „Ja, wir lernen zusammen." „Frau Bischoff kommt, soweit ich weiß, aus dem Saarland." „Wo wohnt sie, wenn sie hier studiert?" „In der Schillerallee 1, hier in Wildau. Sie haben Glück, unser Hausmeister hat heute bis zehn Uhr Sprechstunde." „Hat sie auch einen Nebenjob?" „Ja, Katharina hat – wo sie noch ‚Wirtschaft und Recht' studiert hat – Frau Waldmann im Fachbereichssekretariat unterstützt, jetzt ist sie für Herrn Trepsdorf, den Studiengangsprecher für das Fach Betriebswirtschaft, tätig." „Vielen Dank noch. Ich wünsche Ihnen noch einen schönen Tag." Auf dem Weg zu seinem Auto traf Frank Dr. Trepsdorf. „Guten Morgen, Herr Trepsdorf. Handelt es sich bei der studentischen Mitarbeiterin, von der Sie sich trennten, um Katharina Bischoff?" Dr. Trepsdorf bejahte. „Gut, vielen Dank, Herr Trepsdorf. Ich muss leider los."

Frank setzte sich sofort in das Auto und fuhr zur Schillerallee, wo das Studentenwohnheim ist. Gleichzeitig rief er auch den Staatsanwalt an, denn er benötigte ein Durchsuchungsbefehl für das Zimmer der Verdächtigen im Studentenwohnheim. Dort traf er auch den Hausmeister an, der gerade an den Außenanlagen beschäftigt war. „Guten Tag, mein Name ist Frank Rogalla, Ich bin von der Kriminalpolizei, von der Frankfurter Mordkommission", stellte Frank sich vor, „es gibt um eine Bewohnerin hier. Katharina Bischoff. Sie ist dringend tatverdächtigt, sechs Professoren umgebracht zu haben. Lassen Sie mich bitte in ihr Zimmer. Es kommen noch Kollegen von der kriminaltechnischen Untersuchung hierher." „Gut, folgen Sie mir." Der Hausmeister klopfte an die Tür. „Frau Bischoff?" Wieder ein Klopfen vom Hausmeister und keiner reagiert. Der Hausmeister öffnet das Zimmer der Tatverdächtigen. Frank hatte während dessen die

Handschuhe, die Überzieher für die Schuhe und den Overall an. Im Zimmer durchsuchte er den Schreibtisch nach den anonymen Briefen. Auf dem Regal waren Bilder von einem älteren Ehepaar mit einer jungen Frau von Anfang Zwanzig. „Herr-?" „Oltenburg", so der Hausmeister. „Also Herr Oltenburg, ist das Frau Bischoff?" fragte Frank und zeigte auf die junge Frau. Der Hausmeister nickte. Von den Briefen war keine Spur vorhanden. Nichts deutete darauf hin, dass die Tatverdächtige die Tat begangen hatte, bis Frank auf die Idee kam und den Computer der Studentin anschaltet. „Brauchen Sie noch meine Hilfe?" „Nein, vielen Dank noch. Auf Wiedersehen." Neben den gespeicherten Drohbriefen an die vier Professoren fand er auch Bilder von drei der vier ermordeten Professoren, wie diese in ihrer Blutlache lagen. „Was ist mit Schmidt und Knopfler? Freiburg konnte nicht fotografiert werden, sonst hätte sie ihn aus dem Feuer gerettet, anstatt ihn zu töten." Harry Wehmeyer war inzwischen auch da. „Harry, das ist unsere Tatverdächtige. Sie hat den Professoren die Drohbriefe verschickt und zu guter Letzt ermordet. Geben Sie bitte die Fahndung heraus." „Sicherlich nicht alle Professoren, Herr Rogalla. Bei Schmidt und Knopfler war nichts vorhanden. Nur die anderen Vier hatten vorher Drohbriefe bekommen. Was die Morde an Schmidt und Knopfler betrifft, muss jemand anders verantwortlich sein." „Gut, aber die Fahndung nach Frau Bischoff muss eingeleitet werden, schließlich hat sie diese vier Professoren auf dem Gewissen. Was die anderen beiden Opfer betrifft, müssen wir uns in Frankfurt ein paar warme Gedanken machen. Fahren Sie schon los, Harry." Frank war irgendwie ungehalten. Zu den Kollegen von der kriminaltechnischen Untersuchung sagte Frank, dass dieser den Computer und den Drucker mitnehmen soll. Frank beschloss, nochmals mit der Liste, die er von Prof. Dr. Detlevsen bekommen hat, zur Personalabteilung zu gehen und fragen, ob einer von den Nachklausur-Kandidaten als studentischer Mitarbeiter tätig gewesen war. Frau Suhling, die Sachbearbeiterin, war auch nicht sehr kooperativ. „Sie sind gut! Sie kommen hier rein, halten ihren Ausweis unter der Nase und möchten von mir eine Information. Da kann ja jeder kommen." „Nicht jeder, Frau Suhling, ich bin Frank Rogalla von der Mordkommission und suche nach dem Täter oder der Täterin von ihren sechs verstorbenen Kollegen! Sie machen sich strafbar wegen Behinderung der Ermittlungen im Amt!" Frank wurde etwas lauter, weil er spürte, dass gerade jetzt die Zeit für die Täterin läuft. „Ich muss meinen Vorgesetzten, den Kanzler fragen." „Da hat ihre Kollegin bereits getan." „Ich rufe ihn trotzdem an." „Gut, wenn Sie es verantworten können, dass vielleicht die nächsten Professoren umgebracht werden, gerne!" „Gehen Sie bitte hinaus, ich rufe Sie wieder rein", so Frau Suhling. Fünf Minuten später bat Frau Suhling Frank in ihr Büro. Kurz darauf hatte auch sie ein Ergebnis vorzuweisen. „Frau Bischoff hatte im Sekretariat im Fachbereich Betriebswirtschaft/Wirtschaftsinformatik gearbeitet, bis vor kurzem war sie bei Herrn Dr. Trepsdorf tätig. Bei Dr. Trepsdorf war das auch nur ein Gastspiel, denn er wollte sie auch loswerden. Sie hat zuerst ‚Wirtschaft und Recht', jetzt ‚Betriebswirtschaft' studiert. Weswegen sie gewechselt hat, weiß ich auch nicht." „Ich weiß' es und das reicht! Danke und auf Wiedersehen."

Frank rief bei dem Staatsanwalt an. „Guten Tag, Herr Dr. Plasberg. Hier ist wieder Rogalla. Frau Bischoff ist für vier Morde dringend tatverdächtig, für die Morde an Schmidt und Knopfler nur hinreichend tatverdächtig. Wir haben den Computer von ihr mitgenommen, wo sie auch die Drohbriefe als Prof. Tod verfasst hat. Die Fahndung ist bereits eingeleitet. Wenn Sie Zeit haben, komme ich gleich zu Ihnen ins Büro und erläutere es Ihnen näher. Die Frau ist intelligent, aber verdammt schusslig. Wenn die junge Dame daran gedacht hätte, die Briefe zu löschen, würden wir jetzt richtig alt aussehen. Die Kollegen nehmen den Computer mit und untersuchen ihn. Dank ihrer Schusseligkeit haben wir die gespeicherten Drohbriefe im Computer gefunden." „Gute Arbeit, Herr Rogalla, ich habe in der kommenden Stunde noch eine Sitzung im Einbruchsdezernat, weil der Kollege krank geworden ist, aber ich komme zu Ihnen ins Büro. Dann können Sie es auch den Kollegen erklären."

Frank erklärte die Situation. „Prof. Tod ist eine Professorin Tod, genauer gesagt handelt es sich um eine Studentin, die sich zuerst in Wirtschaft und Recht, später in Betriebswirtschaft eingeschrieben hat. Bei ihrem ersten Studium war sie im Sekretariat im Fachbereich Betriebswirtschaft/Wirtschaftsinformatik, bei ihrem zweiten Studium bei einem Herrn Dr. Trepsdorf als studentische Mitarbeiterin tätig. Dr. Trepsdorf beendete das Beschäftigungsverhältnis mit unserer Täterin, deswegen bekam er die Drohbriefe, wo er als ‚Mr. Ebola' betitelt wurde. Herr Dr. Trepsdorf ist der Studiengangsprecher für den Studiengang Betriebswirtschaft, hat aber keine Professur inne. Ich denke, dass es einen Zusammenhang zu ihrer ersten Tätigkeit als studentische Mitarbeiterin und den ersten Opfern, die Professoren Knopfler und Schmidt, gibt. Die erste Priorität ist nach meiner Meinung, die Dame zu suchen. Wir gehen davon aus, dass die Täterin wohl auf dem Weg zu ihren Eltern nach Saarland ist. Eine Fahndung wurde bereits veranlasst", Frank guckte Harry Wehmeyer an, der ihm zunickte. „Zusätzlich haben wir die Kollegen im Saarland benachrichtigt. Das Zimmer im Wohnheim bietet nicht so viel an Spuren an, es wurde der Computer, wo auch die Drohbriefe gespeichert waren, beschlagnahmt. Die Kollegen von der Technik beschäftigen sich damit." Robert meldete sich zu Wort. „Können Sie vielleicht ein Zeitraum nennen, von wann bis wann sie im Sekretariat tätig war? Vielleicht haben die zwei verbleibenden toten Professoren irgendwie die Täterin zusammen gefaltet. Dann kam die Fachbereichsratswahl und sie wollte sich auch bei den beiden Professoren rächen." „Sie war auf jedem Fall – wo die Wahl zum Dekan bekannt wurde – im Sekretariat des Fachbereichs tätig. Als die Wahlen anstanden, war sie bei diesem Studiengangsprecher – Dr. Trepsdorf – tätig. Zum anderen mussten die Professoren Steinkamp und Paul ihr Leben lassen, da die Täterin sowohl im Fach ‚Controlling' bei Prof. Dr. Steinkamp als auch im Fach ‚Wirtschaftsrecht II' bei Prof. Dr. Paul durchgefallen ist. Wer zuerst für das Ende ihres Studiums sorgte, wusste die Täterin nicht. Daher mussten die beiden Herren mit dem Leben bezahlen", antwortet Frank. „Den Ansatz von Herrn Lehmann finde ich gut, aber Sie haben das Wort, Herr Rogalla", schaltet sich der Staatsanwalt ein. „Die Täterin wurde exmatrikuliert und wenn sie die beiden Professoren, die sie dreimal durchfallen ließen, so oder so umbringen wollte, dann kann sie doch diesen Jahrmarkt der Eitelkeiten mit ihrer Machtgeilheit aus dem Fachbereich Betriebswirtschaft/Wirtschafts- informatik doch gleich mit entsorgen. Schließlich war sie im Fachbereichssekretariat und hat dort einiges mitbe- kommen." „Gut, Herr Lehmann, auch wenn ich mich sträube, es ist ein guter Gedanke. Zurzeit können wir nichts tun, außer diese Dame zu fassen. Auf jedem Fall sind drei Herren in Gefahr: Prof. Dr. Detlevsen, Prof. Dr. Tellingstedt und Dr. Trepsdorf." „Wir haben heute Post von einer Frau Prof. Katzenberger bekommen. Zwei Drohbriefe und eine tote Maus in einem Frühstücksbeu- tel", so Frau Schmidt. „Was steht in den Briefen drin, Frau Schmidt?" Die Teamassistentin gab Frank die Brie- fe, die Frank laut vorliest: „'Ein Mäuschen für Frau Prof. Katzenberger' und ‚Sie haben Ihre Projekte auch nicht im Griff. Prof. Tod."

Frank Rogalla fuhr mit Harry Wehmeyer nach Wildau, um zum einem Frau Prof. Katzenberger zu befragen. „Wieso sollten Sie mit dieser toten Maus bestraft wer- den, Frau Prof. Dr. Katzenberger?" „Ich weiß es nicht." „Hat ein Student oder eine Studentin irgendein Fach nicht bei Ihnen bestanden?" „Ich kann mich leider nicht erinnern." „Aber es war in den Drohbriefen, die Sie er- halten haben, irgendetwas mit Projekten drin, die auch

Sie angeblich nicht beherrschen?" „Stimmt, daran kann ich mich erinnern. Ich habe vor kurzem eine Studentin durchfallen lassen, ich suche die Projektarbeit heraus." Nach einer kurzen Zeit hatte Frau Prof. Katzenberger die Belegarbeit von Katharina Bischoff in der Hand. „Ich musste Frau Bischoff eine 5,0 geben. Die konnte nicht mal einen Projektstruktur- und –ablaufplan erstellen. An ihr hätten die Projektplaner vom Pannenflughafen BER sehr große Freude."

Katharina Bischoff ist in St. Wendel bei ihren Eltern untergetaucht. Sie war im ihren Mädchenzimmer, während die Eltern die Sendung ‚XY – Aktenzeichen ungelöst' guckten. Dort sahen auch die Eltern den Fahndungsaufruf nach ihrer Tochter. „Katharina", rief der Vater in einen Ton, der keinen Widerspruch duldete, „komm sofort runter!" Die Tochter folgte den Anweisungen, denn sie wusste, dass sie sich ihrem Vater nicht widersetzen durfte. Als Katharina das Wohnzimmer betrat, war der Fernseher ausgestellt. Jedoch gab es zwischen ihr und ihren Eltern einen Eklat … Katharina packte ihre Sachen, holte sich aus dem Haushaltsdöschen ihrer Mutter das Haushaltsgeld von dieser Woche und das große Küchenmesser aus der Schublade. Danach fuhr sie mit dem Taxi zum Bahnhof. Der Taxifahrer erkannte sie noch nicht. Er hatte Radio an und beide hörten die Fahndung nach Katharina Bischoff. Der Taxifahrer schaute in den Rückspiegel. „Halt die Klappe, Alter! Wenn Du meinst, Du musst deine Kollegen benachrichtigen, dann haben die Würmer bei dir die Gelegenheit, sich eine Serviette um den Hals zu binden!" Bevor Katharina am St. Wendeler Bahnhof ausstieg, erstach sie den Taxifahrer von hinten. Es war kurz nach 22 Uhr und sie löste eine Fahrkarte zu ihrem Studienort.

In der gleichen Zeit guckten auch Ulrike und Frank Rogalla 'Aktenzeichen XY – ungelöst', wobei Ulrike Rogalla die Sendung mit weitaus größerem Interesse als ihr Mann verfolgte, der im Sessel vor sich hin schnarchte. „Und zum Schluss ein Fahndungsaufruf der Polizei in Frankfurt (Oder)", verkündet der Moderator, „es wird die 26jährige Studentin Katharina Bischoff gesucht. Sie wird wegen des dringenden Tatverdachtes von der Ermordung von sechs Professoren gesucht." Ulrike tippte auf die nahestehende Schulter ihres Mannes. „Frank, wach auf, ist das die Mörderin deiner Professoren?" „Hä? Was ist?" fragte Frank leicht irritiert. Sie lenkte Franks Aufmerksamkeit auf dem Bildschirm.

Im Nachtzug von Saarbrücken nach Berlin Südkreuz fühlte sich Katharina Bischoff vor der Polizei sicher. Gegen neun Uhr hielt der ICE im Bahnhof Berlin Südkreuz. Katharina Bischoff musste nur die Treppen hoch um zur S-Bahn zu gelangen. Sie stieg in die S 46 Richtung Königs Wusterhausen ein, die eine gute halbe Stunde später in Wildau hielt. Katharina Bischoff ahnte nichts von einer Fahndung nach ihr und konnte ihr Ziel, die beiden verbleibenden Professoren Detlevsen und Tellingstedt umzubringen, ungehindert verfolgen. Zum anderen hatte sie mit ihrem ehemaligen Vorgesetzten noch eine „Rechnung offen" ... ‚Dr. Trepsdorf muss auch bestraft werden', dachte sich die Täterin. Einen Plan, wie sie ihren ehemaligen Vorgesetzten schaden wollte, hatte sie nicht. Die Tatwaffe hierfür – einen Baseballschläger – war in einer Tasche, die sie seit St. Wendeln bei sich trug …

Es war viertel vor acht und Dr. Trepsdorf hatte um acht Uhr bei den Studierenden des berufsbegleitenden Studiums eine Vorlesung in ‚Nachhaltige Unternehmensführung‘, das heißt die Studierenden sollten einen Vortrag zu einem Unterthema abhalten. Es handelte sich um die Seminargruppe, wo auch Sonja Weber drin war. Vorher war Dr. Trepsdorf noch in seinem Büro, um einige Unterlagen zu holen. Er saß auf seinem Stuhl und suchte noch die Sachen zusammen, die er für die Vorlesung benötigt, bevor er dahin ging. Die Mitarbeiterkarte mit dem VIP-Band, wo das Logo der Hochschule drauf war, legte Dr. Trepsdorf auf seinem Schreibtisch. Von hinten bekam er einen Schlag auf den Kopf, dieser wurde bewusstlos und sein Kopf fiel auf die Tischplatte ... Wie Prof. Tchanner saß Dr. Trepsdorf auf seinem Stuhl und die Täterin hatte es leicht, Dr. Trepsdorf trotz seiner Größe mit dem Baseballschläger auf den Kopf zu schlagen. Dr. Trepsdorf wurde nicht gefesselt und geknebelt. Sie hatte noch die Professoren Detlevsen und Tellingstedt „auf dem Zettel“ und somit keine Zeit, die „Fesselspielchen“ bei Dr. Trepsdorf durchzuführen. Nachdem die Täterin ihr „Werk“ vollendet hat, nahm diese das Band mit der Mitarbeiterkarte von Dr. Trepsdorfs Schreibtisch weg und ging damit raus. Von außen schloss die Täterin mit der

126

Karte das Büro ab. Die Tat an Dr. Trepsdorf wurde erledigt, anders als die Professoren wollte sie Dr. Trepsdorf nicht töten. Jetzt hatte sie erst einmal Zeit gewonnen, die sie für den Aufenthalt auf der Damentoilette nutzte. Bevor sie diesen Raum verließ, legte sie Dr. Trepsdorfs Mitarbeiterkarte auf dem Rand von einen der Waschbecken hin.

Sonja Weber war auch die Sprecherin der Seminargruppe, in der Dr. Trepsdorf seine Vorlesungen abhalten sollte. Da Dr. Trepsdorf nicht kam, nahm sie zum Anlass, zu Frau Waldmann zu gehen und zu fragen, wo dieser verbleibt. „Guten Morgen, Frau Waldmann", so Sonja Weber und schilderte die Situation. „Also, Herr Trepsdorf hat sich nicht gemeldet. Ich rufe ihn mal an." „964 ist seine Durchwahl. Hoffentlich hat er kein Ebola", so Sonja Weber zu Frau Waldmann, die sie scharf ansah, während sie die Nummer von Dr. Trepsdorfs Büro wählte. „Der ‚Ebola-Spruch' ist von Herrn Trepsdorf, nicht von mir und wenn er fehlt, muss auch er mit dieser Frage rechnen. Ich gehe rüber ins Haus 16 zu seinem Büro, Frau Waldmann." „Herr Trepsdorf hat sich nicht krankgemeldet, aber er geht auch nicht ran", so Frau Waldmann, nachdem sie erfolglos versucht hat, Dr. Trepsdorf zu erreichen. „Danke schön", antwortet Sonja Weber, bevor sie raus ging.

Etwa zehn Minuten später erlangte Dr. Trepsdorf das Bewusstsein. Er stand langsam auf und ging zur Tür. ‚Wenn ich es nicht besser wüsste, dann hätte ich gestern Abend die ganzen Alkoholbestände einer Hafenkneipe ausgetrunken. Aber wer macht denn so etwas und haut mir ein Ding auf dem Kopf?' dachte er bei sich. Der Kopf brummte unendlich und die Kopfschmerzen, die er seit dem Erlangen des Bewusstseins hatte, wurden nicht besser, sondern schlimmer. Als er die Tür öffnen wollte, musste er feststellen, dass er eingeschlossen wurde, doch Rettung nahte … Nicole Rathjens, die Standortmanagerin[27] der Hochschule, betrat dieselbe Toilette wie die Täterin zuvor und wunderte sich, dass eine Mitarbeiterkarte einer ihrer männlichen Kollegen auf dem Waschbecken lag. Sie sah sich die Mitarbeiterkarte an. „Komisch, Herr Trepsdorf ist doch korrekt, der wird doch nicht die Damentoilette aufsuchen", sagte sie zu sich selbst. Sie steckte die Karte von Dr. Trepsdorf ein, ging damit zu seinem Büro und klopfte an. „Wer ist denn das? Ich kann Ihnen nicht öffnen, ich wurde selber eingesperrt", so Dr. Trepsdorf ungehalten. Frau Rathjens schloss die Tür mit der Karte auf und ließ die Tür offen. Im Büro fand sie Dr. Trepsdorf stehend, jedoch mit einem schmerzverzerrten Gesicht vor. „Was ist denn los?" fragt dieser. „Ich bin hier, weil ich ihre Mitarbeiterkarte

---

[27] Ein Standortmanager ist der erste Ansprechpartner für Gründungsinteressierte aus dem Hochschulbereich. Bei Orientierungsgesprächen finden die Standortmanager heraus, welche Angebote für den potentiellen Gründer eignen. Sie beraten angehende Gründer von der Entwicklung der Geschäftsidee bis hin zur Erstellung des Businessplanes. Aus:
https://books.google.de/books?id=R2CzBQAAQBAJ&pg=PA47&lpg=PA47&dq=standortmanager+an+hochschulen&source=bl&ots=XuQoBJ56Vk&sig=xHcHSfolLcw7xm-
79QvfGo87v3Q&hl=de&sa=X&redir_esc=y#v=onepage&q=standortmanager%20an%20hochschulen&f=false, zuletzt zugegriffen am
11. Juli 2016

auf der Damentoilette gefunden habe. Was macht denn Ihre Mitarbeiterkarte dort?" „Das wüsste ich auch ganz gerne, denn schließlich halte ich mich dort nicht auf. Aber das ist jetzt zweitrangig. Man hat mir etwas auf dem Kopf geschlagen und ich wurde eingesperrt", presste Dr. Trepsdorf die Worte zwischen den Zähnen vor. „Ihr Hinterkopf blutet. Wollen Sie sich nicht setzen, Herr Trepsdorf?" so Nicole Rathjens, die gerade den Notruf anrief. In dem Moment betrat Sonja Weber Dr. Treps- dorfs Büro. Sie wollte gerade reden, als sie die Wunde auf Dr. Trepsdorfs Kopf sah. „Guten Morgen, Herr Trepsdorf, ich rufe erst einmal den Notarzt und den Erst- helfer, der für das Haus 16 zuständig ist, an." Nicole Rathjens war gerade mit dem Gespräch fertig. „Der Not- arzt ist auf dem Weg, Herr Trepsdorf und Frau Weber." „Was machen Sie denn hier, Frau Weber? Muss das wirklich sein?" Erneut verzog Dr. Trepsdorf vor Schmerzen sein Gesicht. „Erstens nach Ihnen schauen, denn zum einem bin ich die Seminargruppensprecherin und zum anderen haben Sie bei uns eine Vorlesung in ‚Nachhaltige Unternehmensführung'. Dann muss noch der Ersthelfer her, damit die Wunde auf ihrem Kopf ver- sorgt wird. In diesem Zustand gehen Sie mir nicht zur Vorlesung", sagte Sonja Weber in einen resoluten Ton – der keinen Widerspruch duldete – zu Dr. Trepsdorf. Der Angeredete stand irgendwie wackelig auf seinen Bei- nen. „Mann, Frau Weber, was machen Sie mit mir?" protestiert dieser schwach. „Ich bin eine Frau, zurzeit sorge ich mich um ihre Gesundheit und damit bin ich nicht die Einzige", so Sonja Weber und sah die Standortmanagerin an. Wieder wandte Sonja Weber sich an Dr. Trepsdorf. „Nachher kreist da was in ihrem Körper herum, Sie werden deswegen ohnmächtig und fallen vor den Kommilitonen endgültig um. Das versuche ich hier zu verhindern. Sie können jetzt kaum stehen, wie wollen Sie das bis zum frühen Nachmittag durchhalten?" erklärte diese in einen festen Ton. Dr. Trepsdorf sah Nicole Rathjens an, in der Hoffnung, dass er von ihr eine Zustimmung erhält. Die Chancen hierfür waren verschwindend gering, denn schließlich hat Frau Rathjens den Notarzt gerufen. „Da muss ich Frau Weber allerdings Recht geben, Herr Trepsdorf." „Da kann Herr Detlevsen froh sein, dass er eine so resolute Mitarbeiterin hat", gab Dr. Trepsdorf nach und musste für sich zugeben, dass die beiden Frauen Recht haben. Zu den Kopfschmerzen gesellte sich noch der Schwindel. Er konnte kaum stehen und fing an zu schwanken. Die beiden Frauen setzten ihn auf seinem Stuhl. Kurze Zeit kamen mit dem Ersthelfer auch der Notarzt und zwei Sanitäter mit einer Trage. Da der Ersthelfer aufgrund der professionellen Hilfskräfte überflüssig war, zog dieser wegen unverrichteter Dinge wieder ab. Der Notarzt versorgte sofort den Verletzten. „Gute Besserung, Herr Trepsdorf", wünschten die beiden Damen ihn. „Wenn Sie wieder fit sind, können wir uns über einen Ersatztermin für die Vorträge unterhalten. Ich werde noch diesen Kommissar, Frau Waldmann und die Seminargruppe informieren. Ich denke, dass die Kommilitonen Verständnis für Ihre Situation haben", informiert Sonja Weber Dr. Trepsdorf.

Das nächste Ziel der Täterin war das Haus 13 – das Verwaltungsgebäude der Hochschule. Sie hatte Glück und traf die beiden letzten Opfer an. Sowohl Prof. Dr. Detlevsen, der mit ihr den Seiteneingang des Gebäudes betrat, als auch Prof. Dr. Tellingstedt waren in dem Gang, wo die Postfächer standen, und standen sozusagen auf dem „Präsentierteller" von Katharina Bischoff - nur bevor sie beide tötet, wollte sie die beiden Herren leiden sehen und denen eine Chance geben, sich „auszusöhnen" ...

Trotz seiner etwas merkwürdigen Sprüche war Prof. Dr. Detlevsen höflich und grüßte Prof. Dr. Tellingstedt, obwohl dieser jünger war und ihn zuerst grüßen musste. Prof. Dr. Tellingstedt öffnete gerade sein Schließfach. „Guten Tag Herr Tellingstedt." „Guten Tag Herr Detlevsen", so dieser. „Ihr machtgeilen Fuzzies, Ihr wolltet doch alle Dekan werden, dass ist ja fast wie Gott sein an dieser Hochschule!" erklang eine weibliche Stimme, die beide Herren nicht unterordnen konnten. „Einer von den beiden Herren ist Alterspräsident des Fachbereichsrats, der andere will die Macht. Sie werden keine Götter sein, ich werde Ihnen eher helfen, dass Sie schneller zum lieben Gott kommen", so die Stimme. Prof. Dr. Detlevsen wollte sich umdrehen. „Drehen Sie sich nicht um, dann sind Sie schneller dort, als Ihnen lieb ist. Ehrlich gesagt, ich kann mit keinen von Ihnen zusammen arbeiten, weder mit Knopfler oder Gruchmann, noch mit Ihnen beiden. Wie gesagt, Ihr seid doch alle nur eins: machtgeil, denn der Dekanposten ist doch schon eine Sprosse mehr, auf der man die Karriereleiter erklimmen kann und die eigene Eitelkeit wird erst recht befriedigt. Der Fachbereich ist doch nur eine Spielwiese für Euch!" „Dann wollen Sie sicherlich beenden, was Sie angefangen haben?" „Ja, Sie beide fehlen mir auf meine Liste, da haben Sie Recht, Detlevsen!" „Bevor Sie den Kollegen und mich umbringen, sagen Sie mir, warum Herr Steinkamp und Herr Paul ihr Leben lassen mussten?" „Detlevsen, die haben das mit mir gemacht, was Sie noch vorhatten: mich zum dritten Mal durchfallen lassen! Es wäre besser für Sie gewesen, Sie hätten sich mit Herrn Tellingstedt ausgesprochen! Wenn Sie beide tot sind, ist es für eine Aussprache zu spät! Aber so schnell werde ich Sie auch nicht töten, Sie bekommen von mir noch ein letztes Geschenk: eine Aussprache mit dem Kollegen!"

Vor den Augen der beiden Professoren flatterten zwei Seidenschals. „Binden Sie sich das um die Augen. Detlevsen, Sie machend das bei Tellingstedt, Tellingstedt, Sie bei Detlevsen." „Und meine Brille?" „Ach, Ihre Brille", sagte die weibliche Stimme und schmiss die Brille von Herrn Detlevsen in den Flur hinein, „wenn Sie tot sind, brauchen Sie die sowieso nicht mehr." Tellingstedt und Detlevsen wurden aneinander die Handschellen angelegt. „Vorwärts", kommandierte diese Stimme. Prof. Tellingstedt und Prof. Detlevsen überlegten, wer das sein könnte. „links", kommandierte diese Stimme wieder. Die beiden Herren, die in den letzten Jahren sehr oft ihre Meinungsverschiedenheiten austrugen, waren sich aufgrund dieser Situation ziemlich einig. Sie mussten runter in den Keller, genauer gesagt in das Archiv, wo diverse Beleg- oder Abschlussarbeiten und Unterlagen des Lotsendienstes[28] aufbewahrt waren. „Detlevsen und Tellingstedt, Sie beide gehen zu der anderen Seite dieses Raumes und bleiben stehen!" Die Person holte ein langes Messer heraus und ging zu Prof. Dr. Detlevsen, um ihn als erstes zu erstechen. „Sie sind ein wenig länger auf der Erde als Herr Tellingstedt, Detlevsen, und sind somit als Erster von Ihnen beiden mit dem Sterben dran", sagte die Täterin ganz ungerührt, „aussprechen wollen Sie sich nicht." Bei dem Professor angekommen, zeigte sich das Messer der Täterin in der Herzgegend von Prof. Dr. Detlevsen. Dieser schluckte und hielt kurz die Luft an.

„Weißt Du, was mit Prof. Tellingstedt ist, Franka?" fragte Susanna Peter ihre Kollegin Franka Gehrke. „Zumindest hat er gleich einen Termin und ist selber noch nicht da. Ich versuche, Herrn Tellingstedt über Handy zu erreichen, aber er geht nicht ran." Beide Frauen versuchten erneut, ihren Vorgesetzten zu erreichen. Dass dieses ein erfolgloses Unterfangen ist, wussten beide Frauen zu diesem Zeitpunkt nicht …

Sonja Weber wusste, dass Prof. Dr. Detlevsen einen Termin bei dem Präsidenten hat und überpünktlich an der Hochschule sein wollte. Die Sekretärin rief Sonja Weber an. „Davon weiß ich nichts, ich komme gerade von meiner Seminargruppe. Ob Herr Detlevsen da ist,

---

[28] Lotsendienst: Die Lotsendienste sind Anlaufstellen für Personen, die ein Unternehmen gründen wollen. Diese Einrichtungen gibt es in Brandenburg – auch für Studierende und wissenschaftliche Mitarbeiter an Brandenburger Hochschulen. Seit März 2010 heißen die Lotsendienste an den Hochschulen „Gründungsnavigator".

weiß ich nun mal nicht. Ich kann Ihnen dabei nicht weiterhelfen, Frau Jahreis." „Der Herr Detlevsen ist doch sonst ein Ausbund an Pünktlichkeit." Danach versuchte sie, bei dem Professor aufs Handy anzurufen. Es war nur das Freizeichen zu hören … Sie beschloss, bei diesem Kommissar anzurufen. Frank Rogalla war bereits auf dem Weg nach Wildau, als Sonja Weber ihn erreichte und die Situation schilderte. „Ich studiere berufsbegleitend Betriebswirtschaft. Zurzeit haben wir die Blockwoche und heute eine Vorlesung bei Herrn Trepsdorf. Dieser kam nicht." Sonja schilderte die Situation. „Herr Trepsdorf hat auch etwas auf dem Kopf bekommen und ist mit Verdacht auf Gehirnerschütterung auf dem Weg zum Krankenhaus." Frank Rogalla bestätigt Sonja, dass sie es richtig gemacht hat. „Ich habe keine Lust, dass der Mann vor der Seminargruppe zusammenklappt und meine Erste-Hilfe-Kenntnisse sind auch über fünfundzwanzig Jahre alt", so Sonja Weber, „nur jetzt entwickelt Herr Detlevsen sich zur Kummergurke, denn dieser hat einen Termin beim Präsidenten und ist nicht erschienen. Frau Jahreis, die Sekretärin des Präsidenten, hat mich angerufen. Jetzt bin ich auf dem Weg zum Verwaltungsgebäude." „Warten Sie auf mich in den Seiteneingang von Verwaltungsgebäude, Frau Weber." Eine viertel Stunde später war Frank auch da. Auf dem Tisch zwischen den Postkästen standen ein Pilotenkoffer und zwei Rucksäcke. „Die Rucksäcke sind von Herrn Detlevsen, aber wem der Pilotenkoffer gehört, das weiß ich nicht."

Frank Rogalla musste sich im Keller orientieren und sich auf sein Gehör verlassen. Zu seinen Gunsten hatte die

Täterin eine laute Stimme, so dass es ihm leicht fiel, die Täterin und die beiden Opfer über sein Gehör zu orten. Er schlich sich dort hin, bis er am Ziel war. „Hände hoch, Waffe runter!" Die Täterin drehte sich um und zeigte die Waffe auf Frank. „Trauen Sie sich, mich zu erschießen?" „Ja, ich kann es notfalls begründen. Wenn Sie keinen siebten oder achten Mord begehen wollen, gebe ich Ihnen den Rat, mir das Messer zu geben. Die Morde an ihre Professoren ist schon sehr hart, aber wenn Sie einen Polizisten umbringen, wird der Staatsanwalt Dr. Plasberg, der die Anklage gegen Sie vertritt, erst recht hart und unfair." Frank reichte Ihr die rechte Hand, damit sie das Messer rauflegen kann. „Schade, dass es für das Morden keine Professur gibt, dann hätten Sie als erstes den Professorentitel bekommen, Prof. Tod." Hinter ihm schoss jemand auf die Täterin, die bereits ein Messer auf Prof. Detlevsens Herzgegend richtete und kurz davor war, den Professor abzustechen. Die Täterin wurde nicht getroffen. Die Überraschung der Mörderin nutzte Frank und nahm diese fest. „Sie sind wegen des dringenden Tatverdachts, die Morde an den sechs Professoren und die beiden versuchten Morde an Prof. Detlevsen und Prof. Tchanner begangen zu haben, verhaftet! Ab-!" Der ältere der beiden Professoren erlangte zuerst die Fassung. „Könnten Sie bitte so freundlich sein und uns beide befreien." Die beiden uniformierten Polizisten, die bei der Verhaftung dabei waren und der Mörderin Handschellen angelegt hat, blieben stehen. „Den Schlüssel haben Sie noch, Frau Bischoff", sagte Frank und hielt die Hand auf. Frank befreite anschließend die beiden Herren. Sonja Weber war inzwischen angetroffen, hielt die Brille vom Prof. Dr. Detlevsen in der Hand und sah schweigend zu. Wieder ergriff Prof. Detlevsen das Wort. „Warum haben Sie das gemacht?" „Jeder wollte Chef sein, jeder hielt sich für etwas Besseres. Jahrmarkt der Eitelkeiten, sage ich nur. Gut, bei Herrn Paul und bei Herrn Steinkamp war das Motiv, dass beide mich geext haben, nur ich weiß nicht, wer mich zuerst geext hat. Deswegen mussten beide daran glauben. Aber dieser Fachbereich war ein bisschen zu eitel. Sie waren noch harmlos, Herr Detlevsen, aber Sie wollten mich exen." „Die Themen für die dritte Klausur waren bekannt", so Prof. Detlevsen, „danach konnten Sie lernen. Und was ist mit dem Fachbereich?" „Jeder wollte Dekan werden und versuchte den anderen auszustechen. Einer eitler als der andere." „Sie wollen mir doch nicht erzählen, dass Sie Betriebswirtschaft aus Spaß an der Freud' studieren und danach Hartz IV-Empfängerin werden wollen." „Ja", so Frau Bischoff, um Prof. Detlevsen zu provozieren. „Haben wir gelacht!" so Prof. Dr. Detlevsen, „oder wollten Sie etwa Dekanin werden? Frei nach dem Lied ‚Kinder an die Macht' von Herbert Grönemeyer?" „Wir wären nicht so eitel wie einige Kollegen oder Sie, wobei – wie gesagt – Sie nicht so schlimm sind und hätten einiges anders gemacht." „Sie haben noch die Spielwiese, die sich Studierendenrat nennt, da können Sie sich austoben! Den Rat, sich nicht lächerlich zu machen, kann ich mir bei Ihnen sparen, das haben Sie mit der Ermordung der Kollegen bereits gemacht, nur das Sie lebenslang in einer Gefängniszelle gesiebte Luft atmen!" Der Ton von Prof. Detlevsen wurde etwas härter. „Allerdings frage ich mich – und nicht nur ich allein", Prof. Detlevsen sah sich die weiteren Beteiligten an, „warum Dr. Trepsdorf auf ihrer ‚Abschussliste' stand, denn er ist kein Professor und kann somit nicht Dekan werden, Frau Bischoff? Soweit ich weiß, hat er schließlich auch einige Drohbriefe von einem Prof. Tod erhalten", beendete Prof. Detlevsen seine Rede und übergab somit den ermittelnden Kommissar das Wort. „Nach den Auswertungen der Kriminaltechnik stammen die Briefe von ihrem Computer", bluffte Frank die Täterin. Die Ergebnisse der Kriminaltechnik lagen in Wirklichkeit noch nicht vor, Frank hatte nur das Wissen von der Durchsuchung des Zimmers von Katharina Bischoff im Studentenwohnheim. „Er hat mich gekündigt und aus seinem Büro geschmissen", so die Täterin, „aber er hat schon seine Strafe bekommen." „Herr Trepsdorf ist ein umgänglicher Zeitgenosse, mit dem man reden kann. Er wird schon seine Gründe haben, wenn er Sie kündigt, Frau Bischoff", so Prof. Detlevsen. „Sie sind festgenommen, Frau Bischoff. Oder sollte ich besser ‚Prof. Tod' sagen? Es sind noch zwei Körperverletzungen und zwei Freiheitsberaubungen. Die Körperverletzungen bei Herrn Prof. Tchanner und bei Dr. Trepsdorf sowie die zwei Freiheitsberaubungen bei den beiden Herren hier und bei Herrn Dr. Trepsdorf fallen bei den sechs Morden nicht so ins Gewicht." Frank wandte sich den beiden Polizisten und Harry Wehmeyer zu. Die Täterin wurde von den Polizisten abgeführt. Prof. Detlevsen und Sonja Weber waren allein im Archiv. Sonja Weber fing an zu reden. „Wie gut, dass ich keine Professorin bin, denn vom Alter her bin ich für den ‚Kollegen Prof. Tod' auch eine scheintote, machtgeile Person. Noch etwas, Herr Detlevsen: Ich meine, ich habe in den letzten Jahren mehr oder weniger oft gesagt, dass Sie etwas strenger sein sollen. Nur in den letzten Wochen, das war selbst mir zu heftig! Ich verspreche Ihnen, dass ich mit dieser ‚strenger-sein-Geschichte' nicht mehr behellige, aber werden Sie bitte wieder normal, Herr Detlevsen, denn als autoritärer Menschfresser sind Sie komplett unqualifiziert. Aber dieses Wing-Tsun hat Ihnen bei der Geiselnahme eben auch nicht geholfen, da hätten Sie genauso gut Wirbelsäulengymnastik machen können – fängt auch mit 'W' an", endete Sonja Weber.